KB114180

내 손끝의 탑스타

내 손끝의 탑스타 9

박콜 장편소설

초판 1쇄 찍은 날 § 2018년 6월 25일
초판 1쇄 펴낸 날 § 2018년 7월 2일

지은이 § 박콜
펴낸이 § 서경석

총괄팀장 § 최하나
편집책임 § 신보라
디자인 § 신현아

펴낸곳 § 도서출판 청어람
등록번호 § 제387-1999-000006호
등록일자 § 1999. 5. 31
어람번호 § 제1-2925호

주소 § 경기도 부천시 부일로 483번길 40 서경B/D 3F (우) 14640
전화 § 032-656-4452 팩스 § 032-656-4453
http://www.chungeoram.com
E-mail § chungeorambook@daum.net

ⓒ 박콜, 2017

ISBN 979-11-04-91773-8 04810
ISBN 979-11-04-91513-0 (세트)

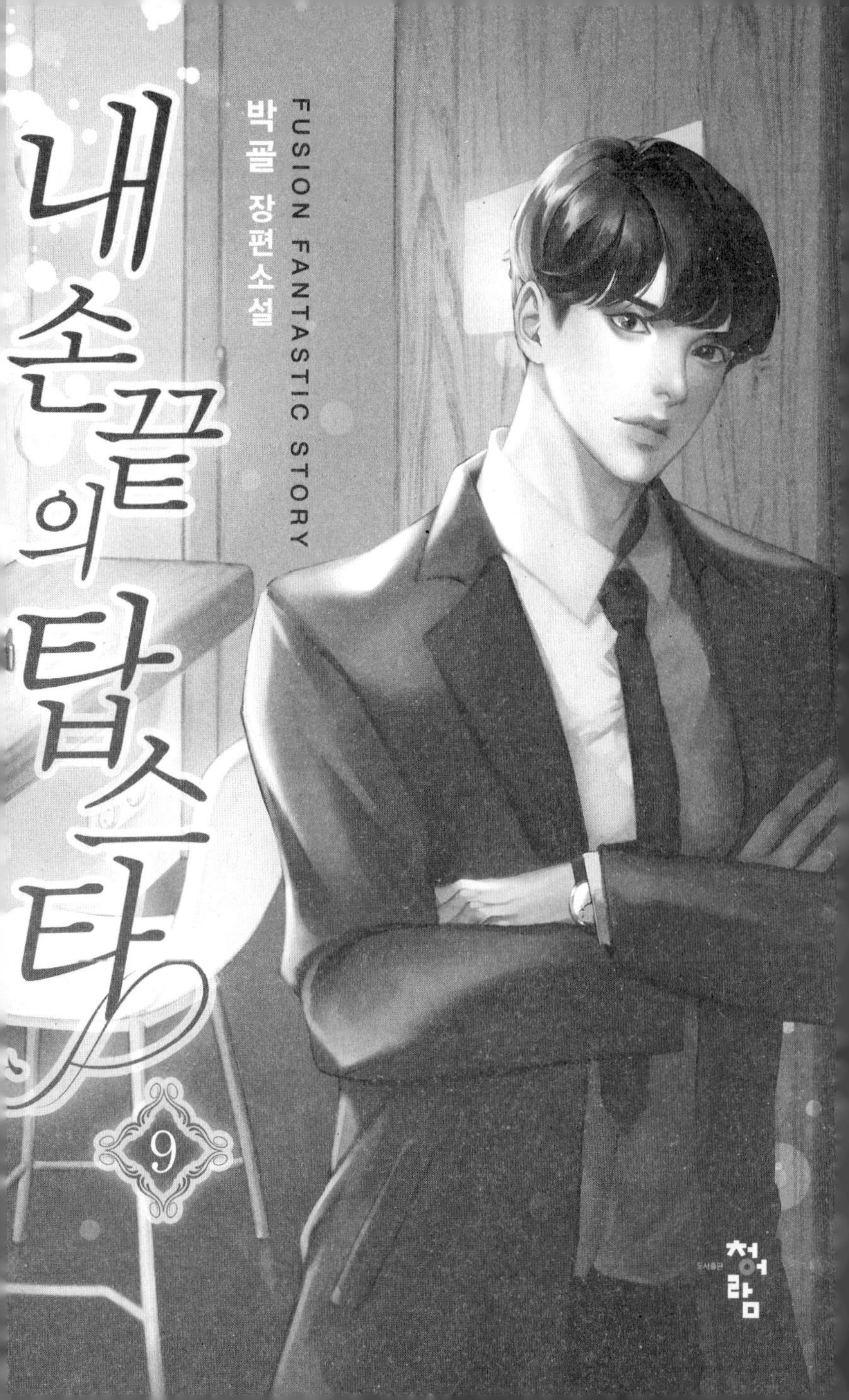
내 손끝의 탑스타
박골 장편소설
FUSION FANTASTIC STORY
9
도서출판 청어람

내 손끝의
탑스타

Contents

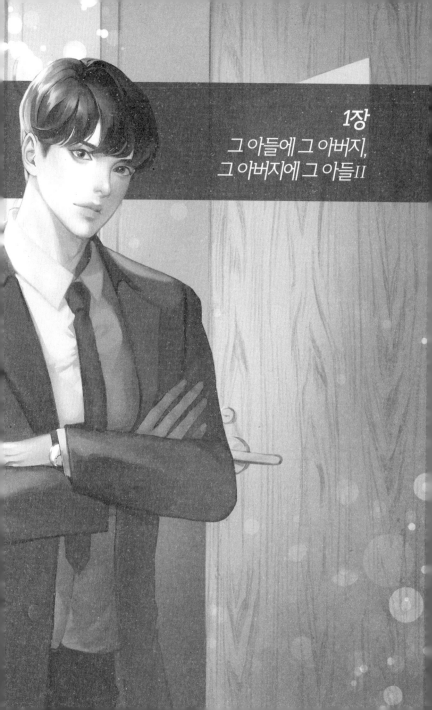

1장
그 아들에 그 아버지,
그 아버지에 그 아들 II

드르륵.

초록색 밴 봉순이의 문이 활짝 열렸다. 현우가 미리 내려서 밴의 주인을 기다리고 있었다.

"고마워요, 대표님."

엘시가 생긋 웃으며 현우의 손을 잡았다. 그리고 밴에서 내렸다.

운전대를 잡고 있던 고석훈이 최영진과 김은정을 도와 서둘러 짐을 챙겼다. 엘시가 선글라스를 벗고 주변을 살펴보았다.

이곳은 경기도 파주였다. 광고 스튜디오들이 구역별로 잘

나뉘어져 있었다.

"광고를 오랜만에 찍으니 기분이 묘해요."

엘시가 감회에 젖은 얼굴로 말했다. 엘시를 따라 어울림으로 이적한 고석훈도, 그리고 현우도 감회가 새로웠다.

광고. 연예인들의 이미지를 모델료로 지불하고 그 이미지를 통해 수익을 창출하는 하나의 강력한 마케팅 방법이다.

그런 이유에서 엘시는 감회에 젖을 만도 했다. 불과 얼마 전까지만 해도 엘시는 재기 불능이라는 소문이 돌고 있었다. 계약 파동 때문에 광고주들 입장에서는 껄끄러운 것도 사실이었다. 하지만 태지 보이스 리메이크 앨범과 솔로 싱글 앨범이 초대박을 쳤다.

곧장 광고가 밀려들었다. 오늘 찍을 광고도 기획사 대표인 현우의 입장에서는 꿈에 그리던 광고였다. 덕분에 현우의 표정이 유난히 밝았다.

"자, 그럼 가죠, 다연 씨."

"네, 대표님! 고고!"

최영진과 고석훈이 광고 스튜디오의 두꺼운 문을 열었다. 방음문이 열리자 그 안은 온통 어둠뿐이었다.

"음? 여기가 아닌가? 형님, 잘못 온 것 같은데요?"

최영진의 말이 떨어지기가 무섭게 일제히 스튜디오 불이 켜졌다. 그리고 펑펑 폭죽이 터지는 소리와 함께 박수가 쏟아졌다.

익숙한 얼굴인 최민철 팀장이 커다란 케이크를 들고 서 있었다. 케이크에는 '축! 뮤지션 엘시 대형 광고 축하!'라는 글귀가 적혀 있었다. 재임미디어 측과 광고 촬영팀의 인원이 광고 모델로 선정된 엘시를 위해 깜짝 이벤트를 열어준 것이다.

"감사합니다! 정말 감사합니다!"

감동을 받은 엘시가 눈물을 글썽였다.

"다연 씨, 촛불 꺼지기 전에 불어야죠?"

"네, 대표님."

엘시가 케이크 앞으로 가서 후 하고 바람을 불었다. 촛불이 꺼지자 다시 박수가 쏟아졌다. 엘시가 사람들에게 일일이 감사 인사를 전하는 사이 현우는 최민철 팀장에게 다가갔다.

"감사합니다, 팀장님. 어떻게 이런 이벤트를 생각하셨어요?"

"하하, 저희 재임미디어에서 어떻게 따낸 광고인데요? 광고 모델 컨디션도 끌어 올리고 또 대표님한테도 감사한 마음에 준비를 해봤습니다."

최민철 팀장뿐만 아니라 새임미디어 측 관계사들은 현우와 어울림 엔터테인먼트에 고마운 마음을 가지고 있었다.

송지유 덕분에 로데주류와 '오늘처럼' 계약을 맺었고, 또 로데주류의 신제품 맥주 광고도 따낼 수 있었다. 이 기회로 업계 4위이던 재임미디어가 내년에는 1, 2위 자리까지 내다볼 수 있게 되었다.

"영진아, 은정이 도와서 다연 씨 준비 좀 도와줘."

"네, 형님."

최영진이 고석훈, 김은정과 함께 대기실로 향했다. 현우는 최민철 팀장과 대화를 계속해서 이어나갔다.

"이번에는 저희 어울림이 신세를 졌습니다, 팀장님."

"'맑은이슬' 입찰 때 대표님이 하신 노력에 비하면 아무것도 아니죠. 어느 기획사 대표가 때려치우겠다는 감독을 설득해서 데려오고 광고 콘티까지 신경 쓴단 말입니까? 그때는 대표님이 오지랖이 넓다고 생각했는데 이제 와서 보니 그 오지랖이 대표님의 능력이었습니다. 열정이죠, 열정. 평범한 사람들은 포기하고 말지만요."

최민철 팀장은 진심이었다. 젊은 대표는 불과 1년도 되지 않아 작은 영세 기획사를 업계 4대 기획사 자리로 올려놓았다. 확실히 보통 사람들과는 생각 자체가 달랐다.

"그렇습니까? 사실 그때 저희 어울림이 상당히 절박했습니다. 지유 첫 광고였고 회사 자금으로는 몇 백만 원도 없었거든요. 지금 생각해 보면 풋내기 대표라 낄 때 빠질 때를 잘 몰랐던 거죠. 하하!"

현우가 멋쩍게 웃었다. 그때는 정말이지 물불을 가리지 않고 모든 일에 뛰어들었다. 결과가 좋아서 망정이지 나빴다면 광고도 떨어지고 재임미디어 측에도 폐를 끼쳤을 것이다.

"지금이었다면 꿈도 못 꿀 일입니다."

"아쉽네요. 대표님의 매력은 불도저 같은 추진력인데 말입니다."

"하하, 불도저라……. 오랜만에 듣는 이야기네요. 이번 광고, 여러모로 신경 써주셔서 감사합니다, 팀장님."

현우는 다시 한번 감사를 표시했다. 최민철 팀장이 고개를 저었다.

"저희 재임미디어가 뭐 한 게 있습니까? 그저 저희는 광고주 측에 엘시 씨를 추천한 것밖에는 없었습니다. 마침 광고주 측에서도 엘시 씨의 스토리텔링을 마음에 들어 했으니까요."

"그게 큰 거죠."

현우가 빙그레 웃었다. 몇 마디 대화를 더 주고받은 후 현우는 대기실로 향했다.

광고 콘셉트에 맞게 엘시의 메이크업이 한창이었다. 광고주 측에서는 'Rain Spell' 콘셉트의 엘시를 선호한다고 했다. 요즘 여성 커뮤니티에서는 엘시 화장법이라고 해서 김은정의 메이크업 방법이 크게 유행하고 있었다.

스모키 눈 화장과 다르게 전체적인 메이크업 분위기가 화사한 톤이었다. 언밸런스한 조합이었지만 김은정의 미적 센스는 또래 여성들에게 큰 호응을 얻고 있었다.

광고팀의 메이크업 아티스트들이 김은정의 손놀림을 유심히 관찰할 정도였다. 현우는 거울에 반사되는 엘시를 살펴보았다.

앙다문 입술과 보석 같은 눈동자에선 엘시 특유의 자신감이 넘쳐흘렀다.

"대표님, 저 어때요? 괜찮아요? 괜찮아야 하는데."

엘시가 현우에게 재차 물어왔다. 현우는 엄지를 척 들어 보였다.

"설마 천하의 엘시가 떠는 건 아니죠?"

"떨기는요. 신나 죽겠거든요? 이 광고, 우리가 뺏어온 거잖아요. 그러니까 더 잘해야 하지 않겠어요, 대표님?"

"그렇긴 하죠."

현우가 고개를 끄덕였다. 엘시가 독기를 품고 있었다. 그럴 만도 했다. 이번 대형 광고에는 대중은 모르는 비하인드 스토리가 존재했다.

본래 이 광고의 모델은 '뉴 아이돌'로 불리는 Xena가 유력했다. S&H 측에서도 강력하게 이번 광고를 추진할 정도였다. 하지만 엘시가 리메이크 앨범과 솔로 싱글 앨범으로 화려하게 부활하면서 광고 모델이 바뀌어 버렸다. 재임미디어 관계자들이 현우를 위해 프레젠테이션 단계에서 각별히 신경을 썼다. 그리고 엘시가 가지고 있는 사연을 전해 들은 광고주 측에서 최종 모델로 엘시를 낙점한 것이다.

모델료는 무려 1년에 12억. 송지유가 냉장고 광고로 1년에 10억의 계약을 맺은 것을 생각해 보면 파격적인 모델료였다. 이유가 있었다. 이번 광고는 한국뿐만 아니라 일본을 비롯한 중국과 동남아시아 전역에 사용될 광고였다.

걸즈파워의 리더인 엘시는 이미 한류 스타로 일본과 중국을 비롯한 동남아시아 지역에서도 인기가 많았다. 냉정하게 객관적으로 봤을 때도 신인인 Xena보다는 엘시가 한 수 위였다.

"자! 끝! 엘시 출격!"

"오케이!"

김은정이 박수를 쳤다. 엘시도 주먹을 쥐며 소리쳤다.

＊　　　＊　　　＊

광고 촬영을 위해 스튜디오 세트를 비롯한 모든 준비를 마친 상태였다. 엘시가 환호성을 받으며 카메라 앞으로 섰다.

그런데 옷차림이 독특했다. 청색 스키니 진에 운동화, 그리고 검은색 폴라 스웨터 차림을 하고 있었다. 거기다 은색 테의 안경까지.

세계적인 기업 아이애플의 CEO가 연상되었다.

"이거예요? 나도 하나 사야겠다. 우리 식구들도 하나씩 다

사주고."

엘시가 소품으로 사용될 신제품 애플패드를 찬찬히 살펴보
았다. 바쁜 현우가 현장에서 업무용으로 사용하기에 편해 보
여 더 마음에 들었다.

한편, 현우와 어울림 식구들을 비롯해 스튜디오에 모인 사
람들이 엘시를 보며 감탄하고 있었다.

"스티븐 엘시네, 완전."

"콘셉트 진짜 잘 잡은 것 같아요, 오빠."

"그렇지?"

현우는 광고 콘티도 마음에 들었다. 아이애플의 CEO가 신
제품을 발표하는 프레젠테이션을 패러디한 광고 콘티였다.

"자, 그럼 엘시 씨! 갑시다!"

광고 감독이 준비를 마치고 사인을 보냈다. 엘시가 애플패
드를 내려놓고 호흡을 골랐다. 그간 많은 광고를 찍어왔지만
이건 복귀 후 첫 광고였다.

태연한 척하고 있었지만 사실 엘시도 떨렸다.

"첫 테이크는 편하게 가봅시다! 큐!"

큐 사인이 떨어졌다. 스튜디오 벽면 전체가 검은색으로 물
들었다. 동그란 사과 마크의 로고가 붕 떠올랐다. 그리고 커
다란 로고 아래로 신제품 애플패드가 떠올랐다.

엘시가 흘러내린 안경을 고쳐 쓰며 벽 쪽을 가리켰다. 흘러

내린 안경까지 올려 쓰는 디테일한 연기에 현우가 픽 웃었다.

국제적인 기업답게 광고에 사용되는 소품도 직접 미국에서 공수해 온 고가의 장비들이었다. 엘시가 로고 아래 애플패드를 클릭하자 다양한 APP들이 떠올랐다.

"혁신, 혁신은 뭘까요? 여러분은 알고 계시나요?"

엘시가 입꼬리를 올리며 미소를 지었다.

"기술, 사람, 문화. 이 모든 것이 혁신이겠죠?"

진지한 분위기였다. 흡사 프레젠테이션을 보는 것 같았다. 모두가 숨을 죽였다. 엘시가 음표가 그려져 있는 APP을 터치했다.

그리고 스튜디오로 태지보이스의 '난 알아요' 엘시 리메이크 버전의 뮤직비디오가 흘러나왔다. 엘시가 카메라를 보며 미소를 지었다. 그러고는 또 한 번 APP을 터치했다. 이번에는 'Rain Spell'의 뮤직비디오가 흘러나왔다.

"제가 생각하는 혁신이요?"

엘시가 잠시 생각에 잠겨 묘한 미소를 머금었다. 그리고 당당한 표정으로 정면을 응시했다.

"엘시는 엘시다. 이 정도면 충분하겠죠?"

엘시가 팔짱을 끼고 등을 돌려 계단으로 향했다.

리허설 개념으로 첫 테이크를 끊었는데 엘시는 실수 한 번 하지 않았다. 박수가 쏟아졌다. 광고 감독도 고개를 끄덕였다.

"컷! 좋아요! 지금처럼만 합시다! 엘시 씨! 조금 더 걸크러쉬하고! 스마트하게!"

"네, 감독님!"

엘시가 환하게 웃어 보였다.

*   *   *

하얀색 SUV가 자그마한 단독주택 앞에 섰다.

현우가 얼른 내려 조수석 문을 열어주었다. 송지유는 여전히 곤히 자고 있었다.

"또 자? 이거 깨워도 소용이 없네."

잠시 고민하던 현우가 어딘가로 전화를 걸었다. 그리고 핸드폰을 송지유의 귀에다 살며시 가져다 대었다.

─지유야, 엄마야. 자니? 저녁 먹어야지?

순간 송지유가 번쩍 두 눈을 떴다.

"어, 어머니! 저 안 잤어요! 잠깐 가사가 떠올라서."

─호호, 그랬구나. 현우가 또 장난을 쳤나 보네. 얼른 들어와. 지유가 좋아하는 음식 잔뜩 해놨어.

"네, 들어갈게요."

송지유가 핸드폰을 확 낚아채고 매정한 눈길로 현우를 노려보았다.

"진짜 뭐 하는 거예요?"

"왜? 깨운 거잖아. 내가 깨웠으면 너 잠투정하면서 때렸을 걸."

"이씨, 진짜 도움이 안 돼."

송지유가 손거울로 얼굴을 들여다보았다.

"침 안 흘렸다."

"못 하는 말이 없어요! 진짜 혼날래요?"

자그마한 곰 인형 쿠션이 날아들었지만 현우는 익숙하게 쿠션을 받아내었다.

"이얼, 오랜만에 송지유 포스 나오는데? 근데 너, 너무 살살 던졌어."

"장난칠 생각 말고 들어가요. 어머니 기다리시잖아요."

송지유가 차에서 내려 익숙한 듯 집 안으로 들어갔다.

"왔구나! 우리 딸!"

최정희가 얼른 송지유를 안으며 등을 토닥였다. 현우는 안중에도 없었다.

"엄마, 엄마 이들이 며칠 만에 집에 들어온 건지 아세요?"

"몰라. 관심 없어, 얘."

"하아, 이거 참."

이상했다. 현우가 송지유의 집을 방문하면 송지유가 찬밥 신세였고, 반대로 송지유가 현우의 집에 놀러 오면 현우가 찬

밥 신세였다.

최정희와 송지유는 무슨 할 말이 그리 많은지 문간에 서서 이런저런 이야기를 계속해서 주고받았다.

물론 대화의 절반은 현우의 흉이었다.

"현우야, 그 엘시라는 아가씨도 데리고 오지 그랬니?"

"광고 찍고 인터뷰 스케줄 잡혀서 그쪽으로 갔어요."

"그렇구나. 다음에는 꼭 데리고 와."

"그럴게요."

그런데 송지유가 삐친 표정을 하고 있었다. 현우가 헛웃음을 삼켰다. 도도하고 차가운 송지유가 이상하게 최정희 앞에서는 어린아이였다.

최정희가 방긋 웃으며 송지유의 손을 잡았다.

"아이고, 엄마는 우리 지유가 제일 예쁘지."

"…정말이시죠?"

"그럼!"

그제야 송지유가 환히 웃었다. 그리고 최정희의 손을 잡고 집 안으로 들어섰다. 현우만 소외된 채 쓸쓸히 신발을 벗었다.

오늘은 특별히 거실에 저녁이 차려져 있었다. 송지유가 좋아하는 꽃게탕에 꽃게튀김, 양념게장까지 그야말로 송지유를 위한 저녁 식사였다.

"아니, 아들은 고기를 좋아하는데."

"그럼 너도 지유처럼 뉴욕에서 뭐라도 사왔어야지."

"바빠서 시간이 없었다니까요."

"네가 지유보다 바쁘니?"

순간 현우는 말문이 막혔다. 빈손으로 귀국한 현우와 다르게 송지유는 기념품부터 시작해 아버지 김형식의 선물로 면세점에서 양주까지 사왔다.

"아들 대접 받고 싶으면 지유처럼 딸 노릇을 해."

"알았어요? 아들 노릇 제대로 해요, 좀."

송지유도 현우를 타박했다. 황당함에 머리를 긁적이며 현우가 자리에 앉았다. 그리고 TV를 틀었다. '차가운 도시의 법칙'의 로고와 함께 광고가 나오고 있었다.

'차도법'은 1회에서 10.8%의 시청률을, 그리고 2회에서는 13%의 시청률을 기록했다. 박석준 피디와 제작진은 3회에서 15%의 시청률을 넘길 거라는 큰 기대를 걸고 있었다.

그리고 어쩌다 보니 매번 서로의 집을 왔다 갔다 하며 '차가운 도시의 법칙' 본방 사수 하게 된 현우와 송지유였다.

"오늘 내용은 뭐가 나오려나? 짐작 가, 지유야?"

"뉴 소울을 찾아가는 장면이 나올 거예요. 갑자기 할아버지들이 보고 싶네요. 건강히 잘 지내시겠죠?"

"뭐, 정정하신 분들이니까 잘 지내실 거야. 그나저나 너, 후안이랑은 연락 계속 하고 있어? 그때는 몰랐는데 후안이 보고 싶네. 좋은 사람이었잖아."

"네. 후안이 가끔 SNS로 할아버지들 소식을 전해주고 있어요."

"뉴 소울은 어떻대? 장사 잘된대?"

"그럭저럭 괜찮나 봐요. 후안이 그러는데 잭 할아버지가 재즈 가수들도 고용했대요. 꾸준히 손님들도 있다고 했어요."

"그래도 너만 하겠어? 지유야, 만약에 말이야, 나중에 세월이 흘러서 너도 은퇴하고 나도 회사 관두면 우리 뉴욕으로 가자. 넌 뉴 소울에서 공연하고 나는 거기서 지배인으로 일하는거지."

"저, 정말요?"

"어때?"

"…좋아요."

송지유의 얼굴이 갑자기 붉어졌다. 목소리도 모기만 해졌다. 현우는 어리둥절했다. 그냥 해본 말인데 송지유의 반응이 이상했다.

"왜 그래, 갑자기 아픈 사람처럼? 얼굴도 빨간데? 열 나? 약국 다녀올까?"

"아니에요. 진짜 그렇게 하고 싶어요?"

송지유가 갑자기 진지해졌다. 현우가 피식 웃었다.

"그냥 해본 말이지. 내가 봤을 때 넌 70살까지 노래 부를 수 있을걸? 이숙자 선생님같이 말이야. 그리고 나도 해볼 수 있는 데까지는 회사를 경영해 볼 거야."

"그럼 그렇지."

"응?"

"아니에요. 어머니 도와드리고 올 테니까 반성하고 있어요."

"어? 반성? 아악!"

현우가 화들짝 놀랐다. 송지유가 현우의 발을 밟고 지나갔기 때문이다.

광고가 끝나기를 기다리며 현우는 TV를 보고 있었다. 그때였다. 별안간 안방 문이 스르르 열리기 시작했다.

'아버지신가?'

현우가 고개를 갸웃했다. 토요일 밤이다. 아버지와 나눔 기획사가 가장 바쁠 시간대였다. 특별한 일이 없는 한 아버지가 집에 게실 이유기 없었디.

'뭐지?'

그사이 문이 완전히 열리고 초등학생으로 보이는 여자아이가 눈을 비비며 걸어 나왔다. 자기 집인 것처럼 잠옷까지 입고 있었다.

"응?"

"응?"

잠에 취한 여자아이도 현우를 보곤 고개를 갸웃했다. 그 순간 현우의 시야가 하얗게 물들었다. 그리고 황금색 폭풍이 휘몰아쳤다.

"으아악!"

"꺄아악!"

느닷없는 상황에 현우가 비명을 질렀다. 덩달아 놀란 여자 아이도 있는 힘껏 비명을 질러댔다.

"으아악!"

"꺄아악!"

현우와 여자아이의 비명이 묘한 이중주를 만들어내었다. 그리고 서서히 비명 소리가 잦아들었다. 현우의 시야를 메우고 있던 황금색 후광도 어느새 말끔하게 사라져 버렸다.

'갑자기 이건 또 뭔데?'

정신을 차린 현우는 갑작스러운 상황이 당황스럽기만 했다. 그러다 현우의 시선이 엉덩방아를 찧은 상태로 넘어져 있는 여자아이에게로 향했다. 여자아이도 눈물을 찔끔거리며 현우를 쳐다보았다.

순간 현우의 눈썹이 휘었다.

'……!'

어린아이인데도 한 폭의 수채화 같은 분위기가 풍겼다. 특히 커다란 눈과 밝은 갈색 눈동자가 인상적이었다.

"무, 무슨 일이니?! 응?"

"오빠?"

어머니 최정희가 국자까지 들고 거실로 뛰어왔다. 송지유는 현우와 정체불명의 여자아이를 번갈아 쳐다보고 있었다.

"현우야?"

"엄마, 별일 아니에요. 지유야, 잠깐 놀란 것뿐이야."

"오빠, 정말 괜찮아요?"

송지유가 걱정 어린 얼굴을 했다. 최정희도 마찬가지였다.

"괜찮아. 정말이에요, 엄마."

현우는 일단 두 사람을 안심시켰다. 그런 다음 여자아이를 향해 입을 열었다.

"미안. 갑자기 소리 질러서 많이 놀랐지?"

"…아저씨가 사장님이랑 사모님 아들이에요?"

"어?"

현우가 최정희를 쳐다보았다. 최정희가 여자아이를 품에 안았다. 그러곤 머리를 쓰다듬었다.

"현우야, 얼마 전에 아버지 회사에 새 식구가 생겼어. 사정이 있어서 어제부터 아이를 봐주기로 했단다."

"그런 거였어요?"

대충 전후 사정이 이해되었다. 현우가 어릴 적에도 소속 트로트 가수들의 아이들을 돌봐준 적이 종종 있었다.

"이름이 뭐야?"

"신지혜예요. 아저씨는요?"

"아저씨 이름은 김현우."

"네?"

신지혜가 깜짝 놀랐다.

"아저씨 이름도 현우예요?"

"응. 왜?"

"우리 아빠랑 이름이 똑같아서요."

"아, 그래? 신기하네. 지혜라고 했나? 지혜는 몇 학년이야?"

"초등학교 4학년이에요. 열한 살."

"그렇구나. 한창 좋을 때네."

현우가 빙그레 웃어주었다. 최정희의 품에 안겨 있던 신지혜의 시선이 이번에는 송지유에게로 향했다. 신지혜가 눈을 크게 떴다.

"어? 송지유? 송지유 언니?"

"응. 안녕?"

송지유가 살짝 손을 흔들어주었다. 신지혜가 멍한 얼굴을 했다. 그러다 뒤늦게 현우를 살펴보기 시작했다.

"김현우 대표님이죠?"

"오, 나도 알고 있어? 똘똘한데?"

"우와! 우와!"

조숙한 아이였지만 아이는 아이였다. 신지혜가 현우와 송지유를 번갈아 살피며 입을 다물지 못했다. 그러더니 살짝 표정이 변했다.

"사모님, 저도 도와드릴게요."

"지혜는 여기 앉아 있어. 아줌마랑 지유 언니가 할 테니까."

"아니요. 신세를 지고 있으니까 도와드릴게요."

"어머, 우리 지혜는 예쁘고 생각도 깊네?"

최정희가 신지혜의 머리를 쓰다듬어 주었다.

"저도 도울게요, 엄마."

현우도 얼른 자리에서 일어났다.

저녁 식사가 시작되었다. 현우는 신지혜를 관찰하고 있었다. 송지유와 이솔 이후로 오랜만에 찾아온 황금색 후광이었다. 그리고 신지혜 역시 현우를 유심히 지켜보고 있었다. 신지혜의 시선이 현우의 젓가락이 향하는 곳을 따라갔다.

식사가 시작되고 몇 분 되지 않아 신지혜가 갑자기 국자를 집어 들었다. 그리고 송지유의 그릇에다 꽃게탕을 조금 퍼주었다.

"고마워."

"아니에요, 언니."

"나는 안 주나? 역시 지유라 이건가?"

"대표님은요, 고기를 더 좋아하시죠?"

"응. 대체적으로 그런 편이지. 꽃게는 별로 좋아하지 않거든. 지유가 좋아하지."

"저 이제 다 알아요."

그렇게 말하더니 삼겹살을 집어 상추쌈까지 싸서 현우의 앞 접시에 놓았다.

"쌈 예쁘게 싸네. 어디서 배웠어?"

"아빠한테요. 헤헤."

현우는 정갈한 상추쌈을 한입에 집어먹었다. 그사이 또 신지혜는 열심히 상추쌈을 싸고 있었다. 현우에게 주기 위해서였다.

'꼬마가 꼬마 같지가 않아. 영악한 아이구나.'

자기 딴에는 나름 생각이 있겠지만 아직 아이는 아이였다. 무언가 꿍꿍이가 있다는 것을 현우가 모를 리가 없었다.

"앗! 물 없다! 제가 가져올게요!"

신지혜가 얼른 일어나 부엌으로 향했다.

"지유야, 어때?"

"똑똑한 아이 같아요. 귀여워요."

"그리고?"

"네?"

반문하던 송지유가 현우의 속내를 파악하고는 풋 웃었다.

"저 아이가 탐나서 그런 거였어요?"

"응. 근데 왜 웃어?"

"그동안 오빠가 기획사 대표라는 걸 잠시 잊고 있었나 봐요."

"그건 너무하잖아?"

현우가 피식 웃었다.

연예 기획사의 근간이자 미래는 연습생들이다. 기획사가 체계적일수록, 규모가 클수록 연습생 시스템이 잘되어 있었다. 단적으로 예를 들자면 S&H가 그랬다. 엘시가 탈퇴하고 걸즈파워의 인기가 예전만 못했지만 또 Xena 같은 괴물 신인을 세상에 공개했다. 김정우의 말이 사실이라면 걸즈파워 2기 멤버로는 Xena같이 재능이 있는 아이들이 수두룩할 게 분명했다.

"저 아이도 우리 회사에 관심이 있는 것 같은데? 부모님 동의만 있으면 연습생으로 뽑아도 나쁘지 않을 것 같아. 재능도 있어 보이고. 슬슬 연습생들을 모집해 볼 생각이었거든."

차마 황금색 후광을 봤다는 말을 할 수가 없어 돌려 말한 것이지 현우는 내심 쾌재를 부르고 있었다. 아직 열한 살로 어리긴 했지만 황금색 후광의 꼬마 아이였다. 미래를 위한 초석으로 제격이었다.

"아이의 의견도 중요하지만 부모님 의사가 제일 중요한 거 알죠?"

"당연하지."

말은 그렇게 했지만 현우는 신지혜라는 아이를 두고 벌써 미래까지 계획하고 있었다.

'배우? 아이돌? 뭐가 좋을까?'

그사이 신지혜가 물통을 가지고 돌아왔다. 그리고 현우와 송지유, 최정희의 컵으로 정성스레 물을 따라주었다.

"착하네. 요즘 초등학교 4학년은 다 이런가?"

"그건 아니에요. 제가 학교에서도 반장이고 선생님들한테도 칭찬 많이 받거든요."

초롱초롱한 눈동자로 깨알 같은 자기 PR까지, 현우는 그저 흐뭇했다. 송지유도 좋아하는 것 같았고, 또 연예인이라는 직업에도 흥미가 있는 것 같았다.

"지혜도 뭐 좀 먹어야지. 계속 챙겨주니까 미안한데?"

"저는 이게 좋아요."

씩씩하기까지 했다. 현우는 여러모로 신지혜라는 아이가 마음에 들었다.

*   *   *

"……"

초록색 봉고차의 맨 뒷좌석에 앉아 신현우는 창밖을 바라보고 있었다. 창문으로 겹쳐지는 밤거리의 네온사인이 신현우의 눈동자로 수없이 떠올랐다가 사라졌다.

"현우 씨, 있잖아. 내가 계모임에서 들었는데 소아 백혈병이 그렇게 무서운 병은 아니라고 하네? 그러니까 힘내. 응?"

"감사합니다, 선배님."

혼자만의 침묵을 깨고 신현우가 입을 열었다.

"에이~ 선배님은 무슨. 그래도 기분은 좋네. 호호!"

50살이 훌쩍 넘은 아줌마 트로트 가수가 신현우의 부드러운 미소에 세상을 다 가진 듯 행복하게 웃었다. 신현우는 다시 창밖으로 고개를 돌렸다.

우수에 젖은 그 수려한 모습에 아줌마 트로트 가수들이 넋을 잃었다.

"……"

김형식 사장과 술잔을 기울인 이후로 신현우는 많이 변해 있었다. 짧아진 머리카락만큼이나 그의 거칠던 성격도 평온을 되찾고 있었다.

드르륵.

목적지에 도착했는지 봉고차의 문이 열렸다. 가장 늦게 내린 신현우가 호박 나이트의 간판을 올려다보았다.

며칠 전 깽판 아닌 깽판을 친 그곳이었다. 누군가가 신현우의 어깨에 손을 올렸다. 남훈이었다.

"긴장할 거 없어. 맥주병을 맞은 사람도 왔는데 자네가 신경 쓸 게 뭐가 있나."

"어깨는 괜찮으십니까?"

"크게 다친 건 아니었잖아. 깁스도 풀었겠다, 마이크는 왼손으로 들면 되지."

그때였다. 험악한 인상을 한 실장이 지하 계단을 통해 올라왔다. 그리고 신현우를 뚫어져라 쳐다보았다.

"저번에는 실례가 많았습니다."

신현우가 먼저 사과를 건넸다. 예전의 신현우였다면 있을 수 없는 일이었다. 실장의 눈동자가 흔들렸다.

"머리가 왜 그러쇼? 빌어먹을. 천하의 신현우가 머리카락을 다 잘랐네."

거친 언사였지만 그 속에는 진한 아쉬움이 묻어 있었다. 신현우도 실장의 속마음을 느낄 수 있었다.

"거추장스러워서 그냥 잘랐습니다."

"뭐 본인이 그렇다면야 상관은 없는데, 아쉽네. 진짜 팬이요."

"감사합니다."

"감사는 무슨. 그 이따가 그 노래나 부르쇼. 내 특별히 세션 들한테 말을 해놨으니까."

"그러죠."

신현우가 쓴웃음을 머금었다. 데뷔곡이자 대표곡 'Sad Cry' 는 아내가 떠나고 한 번도 불러본 적이 없었다. 하지만 팬을 위해서라면 한 번 정도는 상관이 없을 것 같았다.

지하로 내려가자 다시 밤의 세계가 펼쳐졌다.

'……'

처음 밤무대를 봤을 때는 이질적으로 느껴지던 공간이 이 제는 편했다. 일부 세상 사람들이 비웃는 이곳이 모든 것을 내려놓을 수 있는, 그리고 딸아이들을 위한 무대였음을 깨달 았기 때문이다.

대기실로 들어가자 무용수들이 또 신현우를 쳐다보았다. 저번에 무례하던 언사가 떠올라 신현우는 입이 썼다. 하지만 어색함에 차마 사과를 할 수도 없었다. 신현우는 그저 자리에 앉아 핸드폰을 꺼냈다. 신현우는 딸들의 사진을 물끄러미 쳐 다보았다.

"……?"

신현우가 인기척에 고개를 들었다. 무용수들이 또 신현우 의 앞으로 몰려와 있었다. 신현우의 눈길이 향하자 무용수들 이 움찔거렸다.

그러다 무용수 한 명이 신현우에게 뭔가를 내밀었다. 음료수를 비롯한 온갖 간식이었다.

"드세요. 노, 노래 부르기 전에 아무것도 안 드시는 스타일이시면 어쩔 수 없지만……."

"……."

신현우가 말없이 음료수를 받아 들었다. 그리고 음료수를 벌컥벌컥 들이마셨다. 신현우의 날렵한 턱을 타고 내려오는 목선에 무용수들은 아찔함을 느꼈다.

음료수를 단번에 마신 신현우가 이번에는 작은 빵 하나를 베어 물었다. 그리고 슥 무용수들을 쳐다보았다.

"가, 갈게요!"

무용수들이 서둘러 자리로 돌아갔다. 그 모습을 보고 있던 김형식 사장이 빙그레 웃었다.

"자네 인기가 보통이 아니군."

"별로 제 인생이 큰 도움은 되지 않더군요."

"하하, 그랬나? 그럼 오늘은 덕 좀 보겠어. 가지."

"네, 사장님."

신현우가 소파에서 일어났다. 김형식 사장을 따라서 대기실을 나서기 전 신현우가 무용수들을 쳐다보았다.

"잘 먹었습니다."

"네? 아, 네!"

무용수들이 화들짝 놀라면서도 좋아했다.

*   *   *

'사람 마음이란 게 간사하구나.'

무대 아래 손님들을 보며 신현우는 쓴웃음을 머금었다. 하찮게만 보이던 손님들이 이제는 다르게 보였다. 저마다 어떤 삶을 살고 있을지가 궁금했다.

신현우가 무대로 오르자 손님들의 이목이 쏠렸다. 손님들이 신현우에게 큰 관심을 보였다. 훤칠한 체구에 수려한 외모의 락커가 이질적으로 느껴졌다.

그리고 밤무대와는 조금 어울리지 않는 락 발라드의 전주가 흘러나왔다.

"이 노래 Sad Cry 아닌가?"

"신현우네, 신현우!"

익숙한 전주에 몇몇 손님이 신현우를 알아보기 시작했다. 반짝하던 가수였지만 임팩트가 강력한 락커의 등상에 손님들이 큰 관심을 보였다.

그리고 곧 반응이 갈렸다.

"이야! 여전히 한 인물 하는데?"

"인물만 좋음 뭐 해? 밤무대에서 노래나 부르고. 쯧."

"망했나 보네. 얼굴만 믿고 건방은 다 떨더니."

잊힌 락커의 등장에 반가움을 표현하는 손님들도 있었고, 한때 큰 인기를 끌었던 락커의 몰락을 반기며 비웃음을 짓는 손님들도 있었다.

'······.'

신현우도 무대 위에서 그런 그들을 눈으로 담고 있었다. 예전 같았으면 비웃는 사람들을 향해 욕이라도 날렸을 신현우이지만 이제는 개의치 않았다. 그에겐 이 작은 밤무대가 마지막 희망이었다.

신현우가 마이크를 들었다. 오랜만에 불러보는 노래라 입이 잘 떨어지지 않았다. 야유가 쏟아지는 가운데 허스키하고 거친 음색이 마이크를 통해 뿜어져 나왔다.

그리고 호박 나이트로 조금씩 정적이 내려앉았다.

*　　　　*　　　　*

밤무대 순회가 끝나고 초록색 봉고차 안에는 김형식 사장과 신현우 단 둘뿐이었다. 신현우는 여전히 창밖을 바라보고 있었다. 새벽 3시의 밤거리는 한산하고 어두웠다.

"수고했다, 현우야. 노래를 참 잘하더구나."

김형식 사장의 목소리에 신현우가 운전석 쪽을 바라보다.

"사장님도 고생 많으셨습니다."

"고생은, 늘 하던 일인데. 그래도 잘 참았다."

가는 곳마다 조롱 섞인 야유가 쏟아졌다. 이유는 단순했다. 몰락한 락커를 보며 웃음 짓고 위안을 받는 그런 사람들이 안타깝게도 이 세상에는 참 많았다.

"그래도 저를 기억해 주는 사람들도 있더군요."

"그래, 우리 같은 사람들이지."

"우리 같은 사람에 저도 포함되는 겁니까?"

"그럼."

신현우가 슬쩍 미소를 지었다.

"충분히 잘하고 있어. 다음 주에 막내딸 수술이라고 했지?"

"예."

"가불해 줄 테니 급한 병원비부터 해결해."

"……."

운전석에서 들려오는 목소리에 신현우는 차마 말을 이을 수가 없었다. 아버지 없이 홀어머니 밑에서 자란 신현우는 김현시 사장의 작은 등이 한없이 넓게만 보였다.

"왜 대답이 없어? 괜찮아. 우리 나눔 기획사가 규모는 작아도 사정은 썩 나쁘지 않아."

목이 메어왔다. 드라마나 영화에서나 볼 법한 인연이었다.

"인생을 살다 보면 말이야, 자네 같은 젊은 친구가 눈에 밟힐 때가 있어. 내가 아들만 둘이야. 자네를 보면 꼭 아들 같은 생각이 들어. 우리 막내아들이랑 이름도 같지 않나? 허허."

"…감사합니다."

신현우가 주먹을 꽉 쥔 채 간신히 입을 떼었다.

"다 왔군. 들어가지."

신현우가 김형식 사장을 따라 조용히 집으로 들어갔다. 거실 쪽에 은은하게 스탠드가 켜져 있었다. 소파에 큰딸 지혜가 이불을 덮고 잠들어 있었다. 그리고 그 옆에는 젊은 남자 한 명이 소파에 기대어 자고 있었다. 현우였다.

"음? 그새 친해진 모양이군. 허허."

김형식이 흐뭇한 얼굴로 현우를 쳐다보았다. 며칠 만에 집에 들어온 작은아들이 소파에 기대어 잠들어 있었다.

"현우야, 현우야."

김형식이 아들의 이름을 불렀다. 신현우도 현우를 쳐다보았다. 이름이 똑같다던 그 작은아들이었다.

"으음."

현우가 잠에서 깨어났다. 동시에 소파 앞 테이블에 놓여 있던 노트북이 켜졌다.

"오셨어요? 일을 좀 한다는 게 깜빡 졸았네요."

"왜 여기서 잤어? 지혜는 왜 여기서 자고?"

"아빠를 기다린다고 고집을 부려서요."

"현우, 너는?"

"지혜가 아빠가 오면 할 말이 있다고 저까지 여기에 붙잡아 두던데요?"

현우가 피식 웃었다. 영악하고 총명한 아이였다. 식사 내내 현우를 살뜰히 챙겼다.

'연습생 1호 확보인가.'

흐뭇한 미소를 지으며 현우가 신지혜의 아버지라는 사람에게 시선을 옮겼다. 스탠드 조명 때문에 어두웠지만 같은 남자가 봐도 매력적일 정도로 조각 같은 외모를 자랑하고 있었다.

"지혜한테 이야기 들었습니다. 지혜 아버지 되시죠? 김현우입니다."

현우가 소파에서 일어나 악수를 청했다. 신현우가 현우의 손을 잡았다. 김형식 사장의 아들이란 생각에 마음이 갔다.

그때 잠들어 있던 신지혜가 눈을 비비며 일어났다.

"아빠!"

신지혜가 얼른 신현우의 허리를 껴안았다.

"아빠, 오늘도 수고하셨어요. 노래 잘하고 왔어요?"

"응. 아빠 노래 잘하고 왔어. 사모님 말씀 잘 들었지?"

"네! 저녁도 맛있게 먹고 오늘 송지유 언니도 봤어요!"

송지유라는 말에 신현우가 멈칫했다.

"당신 왔어요? 현우 씨도 왔구나?"

때마침 안방에서 나온 최정희가 거실 불을 밝혔다. 순간 현우와 신현우가 동시에 얼어붙었다.

'설, 설마… 그 신현우?'

현우가 눈을 크게 떴다. 신현우도 마찬가지였다. 어울림 엔터테인먼트의 젊은 대표를 TV 프로와 광고에서 몇 번 본 적이 있었다.

"……."

"……."

현우와 신현우가 말을 잇지 못했다. 김형식이 혼자 허허 웃고 있을 뿐이다.

*   *   *

늦은 새벽. 간단한 술상이 차려져 있고, 세 남자가 거실 테이블에 앉아 술상을 바라보고 있었다.

'후우.'

잠은 깼지만 현우는 아직도 얼떨떨했다. '유시열의 스케치북' 녹화를 위해 KBN으로 가면서 라디오에서 그의 노래를 들은 적이 있었다. 더 놀라운 건 회귀를 한 이후로 계속되던 우연의 연속이 한동안 잠잠하다가 또 벌어졌다는 것이다.

'내 인생을 지켜보고 있는 보이지 않는 무언가가 있어.'

현우가 생각에 잠겨 있는 사이 김형식이 송지유가 사온 양주를 꺼내 들었다.

"지유가 좋은 걸 사왔어. 현우야, 이거 비싼 거냐?"

"뭐 면세점에서 3, 40만 원은 할 거예요, 아버지."

"그래? 허허. 지유 덕분에 비싼 술도 먹어보는구나."

심각한 얼굴을 하고 있는 현우나 갑작스러운 상황에 긴장하고 있는 신현우와 다르게 김형식은 혼자 신이 나 있었다.

현우도, 그리고 신현우도 서로가 왠지 모르게 어색했다. 단순히 이름이 똑같아서가 아니었다. 결국 먼저 현우가 입을 열었다.

"신현우 씨를 이 새벽에, 그것도 집에서 마주칠 줄은 미처 몰랐습니다. 정식으로 소개하겠습니다. 어울림 엔터테인먼트 대표 김현우입니다."

"그리고 나눔 기획사 김형식 사장의 아들이기도 하지. 허허."

김형식이 말을 덧붙였다. 현우가 멋쩍게 웃었다. 아버지도 그렇고 어머니까지 가는 곳마다 작은아들 자랑을 했다.

"신현우입니다."

더 할 말이 없었다. 현우가 빙그레 웃었다.

"신현우 씨는 제가 잘 알죠. 고등학교 다닐 때 신현우 씨 팬이었습니다. 지금도 노래방 가면 Sad Cry를 불러요. 영광입니다."

"한물간 락커한테 영광은요."

말을 하고도 신현우는 아차 싶었다. 옆자리에는 큰딸도 앉아 있었다. 딸에게만큼은 자랑스러운 락커이자 아빠이고 싶었다. 그리고 이를 알아차린 현우가 먼저 선수를 쳤다.

"한물갔다니요? 그때 장난 아니셨잖아요. 전국이 신현우 씨 때문에 들썩였는데요? 제 방에 신현우 씨 테이프도 있습니다."

"김현우 대표님 같은 분이 제 팬이라… 이상하네요."

"이상하기는요. 훌륭한 따님도 두셨는데요?"

신현우가 물끄러미 신지혜를 내려다보았다. 자신을 쏙 빼닮은 큰딸이다.

'그 아버지에 그 딸이라 이건가. 신현우의 딸이라서 황금빛 후광을 본 거였어.'

현우는 어린 꼬마 아이에게서 본 후광의 이유를 이제야 알 것 같았다. 지금은 대중의 기억에서 지워졌지만 신현우는 가창력과 외모, 스타성이라는 조건을 모두 갖춘 락커였다. 때 이른 은퇴만 아니었다면 어쩌면 지금쯤 황금빛 트로피 속에 파묻혀 있을지도 몰랐다.

역시 피는 못 속이는 법이었다.

"초면에 실례입니다만, 사실 저희 어울림 엔터테인먼트는 따님에게 큰 관심을 가지고 있습니다, 신현우 씨."

신현우가 물끄러미 현우를 쳐다보았다.

"관심이라면?"

"허락만 해주신다면 저희 어울림 엔터테인먼트에서 신지혜 양을 연예인으로 키워보고 싶습니다. 마침 지혜 양도 그걸 원하는 것 같습니다."

"연예인이라……."

신현우가 조용히 생각에 잠겼다. 하루살이 같은 인생을 살고 있는 아빠를 둔 딸이다. 어울림 엔터테인먼트 같은 거대 기획사에 들어간다면 딸의 인생은 어느 정도 보장을 받을 수 있겠다는 생각이 들었다.

'잘됐구나.'

신현우는 마음이 놓였다.

신현우의 밝은 표정을 보며 현우도 안도했다.

"지혜야, 아저씨 회사에서 노래랑 춤 배워볼래?"

현우가 빙그레 웃으며 물었다. 그러자 조용히 있던 신지혜가 고개를 저었다.

"저는 연예인 하는 거 싫어요."

"응?"

당황스러웠다. 저녁 식사 내내 꿍꿍이를 가지고 살갑게 굴던 아이가 갑자기 연예인이 되기 싫다고 한다.

당황스러운 건 신현우도 마찬가지였다. 일생일대의 기회를 아무렇지도 않게 딸아이가 거절하고 있다.

현우와 신현우가 뭐라 입을 열려는 찰나, 신지혜가 간절한 눈빛으로 현우를 올려다보았다.

　"대표님, 저는 연예인 안 할래요. 그런데 대표님은 돈도 많고 회사도 크잖아요. 우리 아빠를 도와주세요. 네?"

　순간 신현우는 머리를 망치로 맞은 것 같았다. 가슴속 깊은 곳에서 무언가가 걷잡을 수 없이 솟아올랐다. 신현우가 주먹을 꽉 쥐더니 결국 참을 수 없다는 듯 자리를 박차고 밖으로 뛰어나갔다.

　"현우야!"

　김형식이 서둘러 신현우를 따라 나갔다.

　"대표님, 저희 아빠를 도와주세요."

　눈물을 주르륵 흘리며 신지혜가 애원했다.

　'아빠를 위해서 그렇게 살갑게 군 거였어?'

　뒤늦게 어린아이의 마음을 깨달은 현우도 가슴 한쪽이 저려왔다.

＊　　　＊　　　＊

　"으아아!"

　신현우가 담벼락을 주먹으로 내려치며 절규했다. 살갗이 터지고 피가 흘렀다. 아팠다. 하지만 찢어진 주먹보다 더 아픈 건 가슴이었다. 심장이 찢어지는 것 같았다. 지독한 고통에 신현우가 끅끅 울며 바닥으로 무너져 내렸다.

그동안 딸들을 지킨 건 자신이 아니었다. 어린 딸들이 부족한 아빠를 지켜주고 있었다는 생각에 스스로가 한없이 부끄럽고 창피했다.

찢어진 주먹이 사정없이 떨렸다. 그리고 김형식의 따뜻한 손이 신현우의 어깨에 닿았다. 그도 부모였기에 신현우를 이해했다.

"털어버리게."

"……."

소리 없이 한참을 흐느끼던 신현우가 익숙한 발걸음 소리에 고개를 들었다. 딸아이였다. 그리고 김현우 대표가 딸아이의 손을 꼭 쥐고 있었다. 딸아이 앞에서 약한 모습을 보일 수 없어 신현우가 얼른 벽을 짚고 일어섰다.

다행히도 김현우가 딸아이의 눈을 가려주었다.

"고맙습니다."

김현우는 말없이 기다려 주었다. 신현우는 간신히 감정을 추슬렀다. 그제야 김현우는 딸아이의 눈을 가리고 있던 손을 치웠다.

그리고 조용히 입을 열었다.

"내일 시간 되시면 지혜랑 저희 회사로 오시죠. 어울림에서 도와드릴 수 있는 게 있다면 최대한 도와드리겠습니다."

"김형식 사장님께 받은 도움만으로도 이미 충분합니다."

신현우는 고개를 저으며 말했다.

"아뇨. 지혜랑 이미 약속했습니다."

"대체 저를 언제 봤다고 이러시는 겁니까?"

김현우가 살짝 웃으며 입을 열었다.

"그 아버지에 그 아들이라는 말 들어보셨습니까?"

순간 신현우는 할 말이 없었다.

초등학교 4학년, 고작 열한 살밖에 되지 않은 여자아이가 간절하게 애원하고 있었다. 연예인이 되고 싶어서, 어울림 엔터테인먼트의 연습생이 되고 싶어서가 아니었다. 오직 아빠를 위해서였다.

"……."

현우는 어린 신지혜가 안쓰럽고 가여웠다. 그렇지만 섣불리 결정을 내릴 수가 없었다. 이성과 감성이 뒤죽박죽 섞여 머릿속이 복잡했다.

하지만 현우는 이내 한 가지 사실을 상기했다. 회귀를 한 이후 계속되는 '우연'이었다.

'어쩔 수 없는 건가.'

현우는 물끄러미 신지혜를 쳐다보았다. 황금색 후광을 본 아이였다. 결국 현우는 마음을 편하게 먹기로 했다.

"지혜야, 그럼 니랑 약속 하나 할까?"

훌쩍이던 신지혜가 고개를 끄덕거렸다.

"연예인을 하라고 강요하고 싶지는 않아. 뭐든지 본인의 의사가 가장 중요한 법이거든. 그렇지만 나는 지혜한테 가능성을 봤어."

"네."

"학교 끝나고 일주일에 세 번만 우리 회사에 오는 걸로 하자. 와서 노래도 배우고 춤도 배우는 거야. 힘들지 않을 거야. 그냥 재밌게 놀이를 한다고 생각하자."

"그러면 우리 아빠 도와주시는 거예요?"

"그래. 내가 한번 최선을 다해볼게. 약속하자."

훌쩍이던 신지혜가 눈을 동그랗게 떴다. 그러곤 얼른 눈물을 닦아내고 현우의 새끼손가락에 자그마한 새끼손가락을 걸었다.

"약속."

"약속!"

특별히 약속까지 한 현우는 가만히 신지혜를 살펴보았다. 작은 얼굴로 희망이 피어나고 있었다.

＊　　　＊　　　＊

'차가운 도시의 법칙' 3회는 시청률 16.4%라는 기록을 세우며 상승을 이어갔다. 월요일 연예 뉴스의 메인으로 '차도법'과 관련된 기사들이 줄을 잇고 있었다. 3회에서 송지유에게 또 애칭이 생겼다. '송가이버'라는 별명이었다.

어제 신지혜를 신경 쓰느라 제대로 모니터링을 하지 못한 현우였다.

'이럴 땐 송지유 팬 카페지.'

송지유의 팬 카페 SONG ME YOU는 이제는 회원 수만 30만 명에 이르는 초대형 커뮤니티가 되어 있었다. 팬 카페에 들어가 보니 이미 '차도법' 게시판이 따로 만들어져 있었다.

2425 '차도법' 3회 주요 장면.GIF [송지유 사진사]

뉴 소울을 보고 충격을 받은 송지유. ㅋㅋ

─일자리 얻었나 싶더니 직장은 폐허. ㅋ [지유라면]

─골동품 가게 아니죠? 여기?; [지유의 휴일]

─분위기는 좋은데, 음. ㅋㅋ [지유지요]

2426 송가이버의 탄생.GIF [송지유 사진사]

뉴 소울 뜯어고치는 송지유. ㄷㄷ

─헐. 망치질 3방에 못질 끝? [파송송지유]

─톱질 잘하시는데요? ㅋㅋ [연대장송지유]

─후안보다 일 잘함. ㅋㅋㅋ [지유야, 또 자?]

─제작진 어리둥절행. ㅋㅋ [지유는 잡니다]

―혹시 취미로 가구 배우셨나? ㄷ [백조지유]

―저 사실 목공에 재능 있나 봐요. *^^* [꽃지유]

―지유님, 못 잘 박는 여자 멋있어요! [얼굴천재지유]

―못하는 게 없는 우리 지유님! ㅎㅎ [지유충신]

―송가이버. ㅋㅋㅋㅋ [손태명]

―지유야, 우리 집 와서 액자 달아줘. ㅠ [엘시갓]

―정말요? 은정이랑 놀러 갈까요? [꽃지유]

―웅. 그리고 언니 집에서 라면 먹고 가~ [엘시갓]

―선배님, 여기서 이러시면. ㅠㅠ [꽃지유]

―왜? 우리 그렇고 그런 사이잖아. ㅠ [엘시갓]

―하! ㅠㅠ [꽃지유]

―왜? 사랑이 식었어? 나 버려진 거야? [엘시갓]

―아니, 여기서 왜?; 기사 하나 또 뜨겠네. [손태명]

―실장님, 우리 그냥 사랑하게 해주세요! [엘시갓]

―하! ㅠㅠ 질린다. [꽃지유]

―질렸다고? 헤어져! 나 솔이한테 갈 거야. 흥. [엘시갓]

―헉! 손 실장님? 그리고 설마 엘시 님? ㄷㄷ [지유냐]

―맞네! 손 실장님이랑 엘시다! 세상에! [지유는 꽃]

―아이돌의 왕 등장! [얼굴천재지유]

―엘시갓이 떴다! [송지유 사진사2]

―ㅋㅋㅋ 두 분이서 이런 사이셨구나? [지유는 그만 자]

손태명에 이어 엘시까지 등장했다. 엘시와 송지유가 댓글로
이야기를 주고받고 있었다. 또 그 댓글들 밑으로 거의 천 개
에 가까운 댓글이 달려 있었다.

"재밌게들 노네."

현우가 피식 웃었다. 송지유의 포커페이스가 통하지 않는
유일한 사람이 있다면 바로 엘시였다. 엘시는 능수능란하게
송지유를 다뤘다.

"응, 솔이도?"

회원 정보를 눌러보니 정말 이솔이었다.

─ㅠㅠㅠ [솔부기]

─캬! 솔 님까지 등장?! ㅋㅋ [얼굴천재지유]

─뭐지? 지유 님에 이어 엘시 님이랑 솔 님까지? 경사 났다! 우
리 카페 경사 났어! 성지 글이다, 여긴! [얼음여왕 송지유]

─솔이 ㅠㅠㅠ〈─ 의미는 뭐야? ㅠㅠㅠ [엘시갓]

─저는 미성년자인데. ㅠㅠㅠ [솔부기]

─ㅋㅋㅋ 아, 귀여워! 솔이 뭐 해요? [엘시갓]

─브라우니 만들고 있어요, 선배님. [솔부기]

─언니도 줄 거예요? [엘시갓]

─근데 언니들이 너무 잘 먹어요. ㅠㅠㅠ [솔부기]

ーㅋㅋㅋ 언니들이 잘 먹는대. ㅋㅋ [언대장송지유]

ーㅋㅋㅋㅋㅋㅋㅋㅋㅋ [얼굴천재지유]

ー누구? 누구? [엘시갓]

ーi2i 이지수입니다, 선배님! [나 배하나 아니다]

ー하나야 ―― [지옥의 안무가]

"어? 릴리 선생님인가?"

현우가 멈칫했다.

"하하하!"

그러다 크게 웃음을 터뜨렸다. 배하나가 천적인 릴리에게
딱 걸리고 만 것이다. 댓글창도 이미 난리가 나 있었다.

ーㅋㅋㅋㅋㅋ 선배님 오셨어요? [엘시갓]

ーㅋㅋㅋ 안녕하세요, 선배님? [꽃지유]

ーㅋㅋ 딱 걸렸죠? 배하나? ㅋㅋ [지수좌]

ーㅋㅋㅋㅋ 하필 닉네임이. ㅋ [호빵대장 수정]

ー쟤 신짜 바보인 거 같아; [아이스찰떡 지넌]

ー퍼가요~♥ [i2i 전유지]

ー하나 언니. ㅠㅠㅠ [솔부기]

이지수에 이어 i2i의 호빵 리더인 김수정과 유지연, 그리고

막내인 전유지까지 등장했다.

　　ー배하나는 내일 30분 일찍 연습실로. [지옥의 안무가]

　　ーㅠ.ㅠ 샘, 자비를. ㅠ [나 배하나 아니다]

　　ー넌 나에게 모욕감을 줬어. 알지? [지옥의 안무가]

　　ー아! 이분들 뭐야? 너무 귀여우시잖아! [백조지유]

　　ーㅋㅋ 레전드다, 레전드! ㅋㅋ [지유시여]

　　ー레전드 오브 레전드! ㅋㅋㅋ [얼굴천재지유]

　　ーㅋㅋㅋㅋㅋㅋㅌㅋ [말년병장송지유]

　　ーㅋㅋㅋㅋㄷㅋㅋㅋ [지유는 여왕]

　"이러고들 노는구나, 요즘?"

　현우의 입가에서 웃음이 끊이지가 않았다. 흐뭇했다. 송지유와 엘시, i2i의 멤버들까지 선후배가 너무나도 사이가 좋아 보였다. 송지유도 격식이 없는 성격이었고 i2i 멤버들도 심성이 고왔지만 가장 고마운 건 대선배인 엘시였다.

　선배로서의 권위를 내세우기보다는 엘시가 먼저 나서서 친숙하고 장난스럽게 다가가고 있었다. 그러니 당연히 후배들이 따를 수밖에 없었다.

　'회식이라도 해야겠네.'

　한참을 미소 짓고 있던 현우가 갑자기 또 한숨을 내쉬었다.

오늘은 특별한 손님들이 어울림을 찾아오기로 했기 때문이다.

*   *   *

똑똑.

누군가가 노크를 했다.

"대표님."

"그래요, 혜은 씨."

"신현우 씨가 오셨어요."

"네, 알겠습니다."

문이 열리고 신현우와 신지혜가 보였다. 밝은 얼굴의 딸과 달리 신현우는 표정이 그리 좋지 못했다. 부담을 주는 것 같아 마음이 편치 않았기 때문이다.

'신세 지는 걸 죽기보다 싫어하는 스타일이라 그랬나?'

그날 새벽, 신현우 부녀를 돌려보내고 현우는 아버지 김형식과 많은 이야기를 주고받았다. 그래서 신현우와 그의 사정을 잘 알고 있었다.

"오셨어요, 신현우 씨? 지혜도 왔구나. 일단 앉으세요."

현우가 자리를 가리켰다. 신현우와 신지혜가 소파로 나란히 앉았다. 현우는 일단 미니 냉장고를 열었다.

"이런."

역시나 맥주뿐이었다. 현우가 맥주 캔 두 개를 꺼내 들었다.

"뭐 좋아하세요?"

신현우가 픽 웃었다. 오후 3시에 찾아온 손님한테 커피도 아니고 맥주를 꺼내 보였기 때문이다. 현우도 살짝 웃으며 멋쩍어했다.

"제가 맥주를 좀 좋아합니다."

"저도 술이면 사양 안 합니다."

"오호, 좋은데요?"

현우가 맥주 캔을 테이블에 놓았다.

딱, 딱!

맥주 캔을 따고 현우와 신현우가 건배를 했다. 알싸하고 시원한 맥주를 한 모금 넘기며 현우가 서류를 꺼내 테이블에 깔았다.

"음, 이건 신현우 씨 계약서고 이건 지혜 거."

"계약서 말입니까?"

신현우가 살짝 멈칫했다. 아무것도 모르던 시절, 태양 기획사와의 불공정 계약이 떠올랐기 때문이다. 사정을 알고 있는 현우가 빙그레 웃었다.

"걱정하지 않으셔도 됩니다."

"…제가 실례를 했습니다, 현우 씨."

신현우기 쓴 웃음을 머금었다. 태양 기획사와 그 빌어먹을 사장 놈에게 당한 것이 많다 보니 자칫 큰 실례를 범할 뻔했다. 아무 조건 없이 자신을 받아주고 도와준 친아버지 같은 김형식 사장의 아들이다.

그리고 신현우도 엘시의 계약 파동을 잘 알고 있었다.

슥, 슥.

신현우가 계약서를 읽어보지도 않고 사인을 했다. 신지혜도 계약서에 신지혜라는 세 글자를 써넣었다.

"읽어는 보셔야죠?"

"아닙니다."

"후우, 이거 제가 더 책임감이 드는데요?"

현우가 빙그레 웃었다. 그러고는 계약서를 챙겨 이혜은에게 주었다. 순간 현우의 얼굴이 진지해졌다.

"오늘 이후로 신현우 씨는 저희 어울림 엔터테인먼트의 전속 아티스트입니다. 지혜는 1호 연습생이 되겠네요."

"……."

신현우는 가슴이 울렁거렸다. 하루아침에 어울림 엔터테인먼트의 전속 가수가 되었다. 40살의 한물간 락커에게 말도 안 되는 동화 같은 일이 벌어졌다. 어제 포장마차에서 만난 전 매니저 이정철은 신현우의 말을 듣고 펑펑 울기까지 했다.

신현우가 물끄러미 계약서가 들어가 있는 파일을 들여다보았다. 10년이 넘는 고난과 역경의 세월이 주마등처럼 스쳐 지나갔다. 그리고 신현우가 딸아이를 내려다보았다.

"고맙다, 지혜야."

"아니야, 아빠."

"부럽네요. 저도 지혜 같은 딸아이가 있었으면 좋겠다는 생각을 했습니다."

진심이었다. 열한 살밖에 되지 않은 어린아이가 고생하는 아빠를 위해 처음 보는 기획사 대표에게 매달렸다. 그날 새벽의 일을 겪은 이후로 현우는 더 이상 자신의 오지랖을 오지랖이라고 생각하지 않기로 했다. 오지랖을 부린 것치고는 너무 뿌듯했다.

"음, 그럼 향후 스케줄을 말씀드리겠습니다. 궁극적인 목표는 신현우 씨를 가요계에 복귀시키는 겁니다. 어쩌면 당연한 거죠. 그리고 단기적인 목표를 말씀드리자면 소속 아티스트의 복지입니다."

"복지가 뭐예요, 대표님?"

신지혜가 물었다.

"아, 대표님이 어려운 단어를 썼네. 그게 그러니까, 음, 지혜도 그렇고 아빠도 이제 우리 어울림 식구잖아? 그렇지?"

"식구요? 네 식구 맞아요!"

"그러니까, 아, 가정방문 알지?"

"네!"

"그런 걸 하는 것을 말하는 거야."

"선생님도 아닌데 대표님이 왜 가정방문을 해요?"

"하하, 진짜로 가정방문을 하는 건 아니고, 아빠가 가수잖아."

"네."

"가수가 노래를 잘하려면 어떻게 해야 할까?"

"몸과 마음이 편안해야 해요. 우리 아빠는 그동안 일하느라고 노래 못 불렀어요."

"그렇지. 그거지."

현우가 빙그레 웃었다. 그리고 신현우를 향해 입을 열었다.

"동대문에서 일하신다고 들었습니다."

"네, 그렇습니다."

"낮에는 동대문에서, 밤에는 아버지 회사에서 노래를 부르시면 몸이 못 당합니다. 다 그만두세요, 신현우 씨."

"예? 하지만……."

"그러니까 제가 계약서 제대로 읽어보라고 한 겁니다."

신현우가 계약서를 꺼내보았다. 그리고 천천히 살펴보았다. 그러다 신현우는 크게 놀랐다. 계약금이 존재했다. 계약금만 무려 5천만 원이었다. 한물간 락커에게 계약금이라니 이건 말도 안 됐다. 완전한 억지였다.

신현우가 깊은 눈동자로 현우를 응시했다.

"못 받습니다. 김형식 사장님이 시키셨습니까?"

"이미 계약하셨는데요? 그러니까 제가 계약서를 제대로 보시라고 하지 않습니까? 이제 와서 딴소리를 하시면 제가 곤란하죠."

기이한 일이 벌어지고 있었다. 기획사에서는 계약금을 주겠다며 억지를 부리고 있고, 가수는 계약금이 말도 안 된다며 항의하고 있었다.

"하여간 저 또라이 같은 자식."

대표실 옆을 지나가다 손태명이 실소를 흘렸다. 업무를 보고 있던 최영진도 큭큭 웃었다. 사실 최영진도 어울림의 분위기에 적응하느라 초반에는 고생을 많이 했다. 한때 일을 한 디온 뮤직은 전형적인 한국 조직 사회였다. 철저한 위계질서 속에서 일도 많았다. 하지만 어울림은 달랐다. 이혜은은 회사에 놀러 오는 기분이라는 말까지 했다.

다시 대표실.

신현우는 황당하고 또 황당했다. 계약금을 주는 건 사실 기획사 마음이었다. 하지만 이건 동정이었다. 그렇게밖에 해석이 되지 않았다.

신현우도 본인의 현실을 잘 알고 있었다. 수많은 연예인이 치열하게 경쟁하는 연예계에서 40살이나 먹은 한물간 락커에게 얼마나 상품성이 있겠는가?

분명 어울림 측에서 손해를 보는 계약이었다.

"동정은 사양하겠습니다. 정당하게 제 수준에 맞게 대우해 주십시오, 대표님."

"신현우 씨."

현우가 진지해졌다. 진지한 눈동자로 현우가 신현우를 응시했다.

"동정 아닙니다. 신현우 씨는 모르겠지만 저는 지혜한테도 투자하고 있는 겁니다. 본인은 싫다고 하고 있지만 지혜는 잘만 키우면 크게 성공할 겁니다. 신현우 씨보다 훨씬 더요."

"……!"

신현우는 현우의 강단에 놀랐다. 어린 딸은 남다르게 예뻤다. 하지만 이 나이의 예쁜 아역 배우나 모델도 많았다. 대체 뭘 특별하게 봤는지가 궁금했다.

"우리 지혜가 그렇게 대단하다고 생각하십니까?"

"네. 감이죠. 연예 기획사 대표의 감 말입니다. 신현우 씨가 잠시 잊고 있는 게 있습니다. 오지랖 넓은 그 아버지의 그 아들이긴 합니다만, 지유, 솔이, 그리고 i2i 멤버들, 유희를 발굴한 사람은 접니다."

"……."

"그리고 소속사 대표로서 말씀을 드리자면 신현우 씨는 본인을 너무 과소평가하고 계시는군요."

"그럴 리가요."

"아뇨. 그러고 계십니다. 제가 꼭 재기시킵니다. 저를 믿으세요."

"아빠~"

신지혜가 신현우의 손을 잡고 흔들었다. 영악한 딸이 우직한 아빠를 설득하고 있었다. 잠시 생각에 잠겨 있던 신현우가 고개를 들었다.

"믿겠습니다. 물론 저도 최선을 다하겠습니다."

굳은 결의가 담긴 목소리에 현우가 마음을 놓았다. 그리고 대쪽 같은 성격을 가지고 있는 신현우가 마음에 들었다.

"잘 부탁드립니다, 신현우 씨. 그리고 저도 기분 좋네요. 사실 훈민이 형이나 지석이 형 말고는 그럴듯한 형이 한 명도 없었거든요."

"예?"

"자랑할 만한 형이 생겼다 이거죠. 처음에 대표실 문 열고 들어오는데 깜짝 놀랐습니다."

"우리 아빠가 너무 잘생겨서요?"

"응. 지혜 말대로야. 앞으로 형님이라고 부르겠습니다. 신현우 씨, 신현우 씨 하니까 꼭 제 이름을 부르는 것 같아서 영 어색하네요."

"형님이라……."

신현우는 얼떨떨했다. 물론 현우가 열네 살이나 어렸다. 하지만 엄연한 4 대 기획사의 대표였다. 격식이 없어도 너무 없었다.

하지만 신현우는 이내 마음을 고쳐먹었다. 스물여섯 살밖에 되지 않은 대표는 자신감이 넘쳤다.

허울뿐인 명칭은 의미가 없는 남자 중의 남자였다. 신현우가 조용히 웃었다. 오랜만에 마음에 드는 사람을 만났다는 생각이 들었다.

"아, 그리고 이사 준비도 하셔야 합니다."

"이사요?"

"직원 숙소로 사용하려고 사놓은 작은 빌라가 있거든요. 방두 개짜리이긴 한데 신축이라 깨끗합니다. 당분간 거기 머무세요. 회사도 가깝고 저희 집도 가깝습니다. 여러모로 그게 편할 것 같네요."

"아빠! 우리 집 생겼다! 헤헤!"

속도 모르고 신지혜가 너무나도 좋아했다. 작은 반지하 연립에서 탈출하는 순간이었다.

"이게 대체……."

연달아 휘몰아치는 상황에 신현우는 머릿속이 멍해졌다. 모든 것이 해결되었다. 막내딸의 병원비도, 수술비도, 그리고 열악하던 주거 환경까지.

"부담 가지실 필요 없습니다. 이런 게 어울림 엔터테인먼트의 매니지먼트니까요."

현우가 씩 웃으며 말했다.

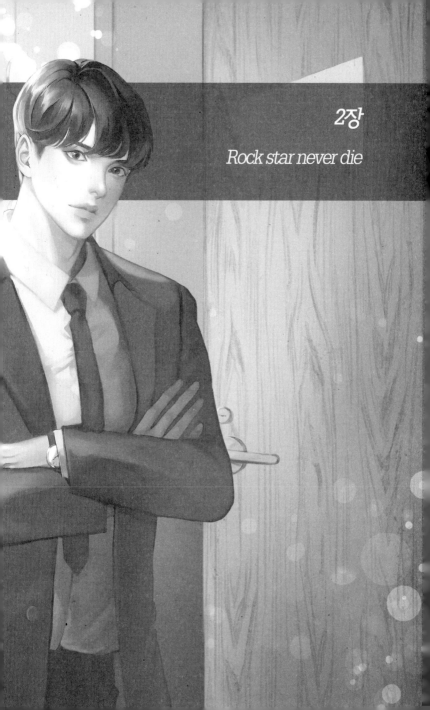

2장

Rock star never die

"……"

병원 근처 벤치에 앉아 신현우는 말없이 통장을 보고 있었다. 텅텅 비어 있던 통장에는 5천만 원이라는 거금이 찍혀 있었다. 태양 기획사에서 떠넘긴 빚을 얼마 전 모두 갚고 빈털터리이던 신현우였다. 통장에 찍혀 있는 숫자를 보며 신현우는 한동안 말이 없었다. 평생을 살아오며 만져본 금액 중 가장 큰 액수였다.

병원으로 들어온 신현우는 밀린 병원비를 지불하기 위해 데스크로 다가갔다. 업무를 보고 있던 간호사가 신현우를 반졌다.

"지선 아버님 오셨어요?"

"아, 예."

간호사들이 몰려들더니 신현우를 보며 수군거리기 시작했
다.

"병원비를 수납하러 왔습니다."

"병원비요? 이미 수납을 하셨는데요?"

"……."

신현우가 멈칫했다. 무언가가 이상했다. 신현우는 목례를
한 다음, 서둘러 병실로 향했다. 병실 문을 열자마자 신현우
의 얼굴이 굳었다.

"안녕하세요, 선배님! 엘시입니다!"

"안녕하세요? 송지유입니다, 선배님."

"안녕하세요! 소녀들의 꿈은 무대 위에 i2i입니다!"

병실에 감도는 향기와 함께 별안간 인사가 쏟아졌다. 신현
우는 얼떨떨한 표정이었다. TV에서나 보던 스타들이 모두 모
여 있었다.

그리고 그 가운데에는 어울림의 젊은 대표가 멋쩍은 얼굴
로 서 있었다.

"아빠, 대표님이랑 언니들이 다 왔어!"

신지혜는 현우의 손을 꼭 잡은 채로 방실방실 웃고 있었다.

신현우가 입을 열었다.

"여긴 어쩐 일로 오셨습니까?"

"가정방문 오신 거래!"

"아니, 병문안이지, 지혜야."

"네, 대표님! 병문안 오셨어, 아빠!"

현우가 단어를 정정해 주었고, 신지혜가 얼른 다시 말했다.

"아빠~"

침대에서 막내딸 지선이의 목소리도 들려왔다. 신현우는 서둘러 침대로 다가갔다. 많이 수척해진 딸이 오늘만큼은 밝은 얼굴을 하고 있었다.

"지선아."

"아빠~ TV에서 보던 언니들이 나 빨리 나으라고 왔대. 너무 신나. 히히."

"그래, 우리 지선이, 금방 나을 거야."

"맞아. 히히."

막내딸의 이마에 입을 맞춘 다음 신현우가 몸을 돌렸다. 그의 눈동자가 조금 붉어져 있었다.

"다들 너무 고맙습니다. 병문안까지 와주리라곤 생각도 못했습니다. 고마워요, 엘시 씨, 지유 씨, 그리고 i2i 여러분, 대표님, 감사합니다."

훤칠한 체구의 락커가 고개를 숙여 보였다.

"멋있다."

배하나가 신현우를 보며 중얼거렸다. 그러다 신현우와 눈이 마주쳤다. 딸 같은 생각에 신현우가 살짝 웃었다.

"와아, 삼촌, 멋있어요!"

김수정까지 신현우 특유의 분위기에 입을 벌렸다. 이지수가 그렇지 하는 표정으로 짝 박수를 쳤다.

"삼촌? 맞아! 삼촌이라고 부르면 되겠다!"

"삼촌, 콜!"

"콜!"

"콜! 콜!"

i2i 멤버들이 자체적으로 호칭까지 정리했다. 신현우는 조용히 웃고 있었다. 그러다 병원비 생각이 났다.

"병원비는 왜 내셨습니까, 대표님?"

"제가 낸 게 아닙니다."

현우가 고개를 돌려 송지유와 엘시를 쳐다보았다. 신현우의 시선도 그리로 향했다. 현우가 다시 말을 이어갔다.

"지유랑 다연 씨가 서로 내겠다고 고집을 부리는 통에 저도 어쩔 수가 없었습니다."

"……"

신현우의 눈동자가 송지유와 엘시에게로 향했다. 우수에 젖은 거친 눈동자를 정면으로 마주한 송지유와 엘시가 서둘러 입을 열었다.

"지혜가 예뻐서 저도 모르게……."

"저는 아파봐서 잘 알거든요, 선배님."

신현우가 피식 웃었다. 자신을 어려워하면서도 할 말은 다 하는 두 어린 후배가 고맙고 귀여웠다.

"어? 웃으셨다."

엘시의 말에도 신현우는 여전히 웃음기를 띠고 있었다.

"나는 웃으면 안 됩니까?"

"혼내실 줄 알았어요."

송지유가 말했다. 엘시도 고개를 끄덕였다.

"저도 지유랑 같은 생각이었는데. '너희들, 내 앞에서 건방을 떨어?' 하시면서 화내시면 어쩌나 걱정했어요."

음악을 하는 사람들 중에서 가장 껄끄러운 상대는 신현우 같은 진성 락커들이었다. 자존심도 강했고, 거칠었고, 자기만의 세계가 명확한 사람이 많았다. 물론 틀린 말은 아니었다. 신현우도 김형식 사장을 만나기 전이었다면 별반 다르지 않았을 것이다.

"다행히 기타는 가지고 오지 않으셨네요?"

엘시의 농담에 신현우가 의문을 가졌다.

"기타요?"

"네. 기타 휘두르실까 봐……."

송지유가 엘시의 말을 그대로 받아 대답했다.

"하하하!"

신현우가 크게 웃었다. i2i 멤버들도 배를 부여잡았다. 현우도 마찬가지였다.

"걱정 말아요. 딸 같은 후배님들한테 내가 어떻게 그럽니까?"

"휴우, 다행이다."

엘시가 장난스러운 얼굴을 했다. 그러다 또 뭐가 생각났는지 입을 열었다.

"그런데 기타로 사람 때려본 적 있으세요, 혹시?"

"궁금해요?"

"네. 영화나 해외 락커들 공연 보면 기타 부숴 버리고들 하잖아요. 저는 그게 멋있더라고요. 남자로 태어났으면 락커를 했을 것 같아요."

신현우가 잠시 생각에 잠겼다. 그러다 기억이 떠올라 입을 열었다.

"한 번 있었습니다. 하지만 다 지나간 일이죠."

순간 병실 분위기가 얼어붙었다.

"헤헤, 우리 아빠가요, 공연을 갔는데 어떤 나쁜 아저씨가 자꾸 화를 내고 그래서 기타로 막 때렸대요."

"아하하… 하?"

끝까지 웃고 있던 배하나가 웃음을 딱 멈췄다. 그러곤 엘시의 뒤쪽으로 숨어들었다.

'뭐야? 기타로 정치인 후려쳐서 은퇴했다는 말이 진짜였어?'

현우도 헛웃음을 삼켰다. 곱상하고 수려한 외모의 락커 신현우였지만 별명은 야생마, 혹은 불꽃 락커였다. 이 정도 스펙을 가지고 1년 만에 은퇴한 것도 이해가 가지 않는 찰나였다. 순간 불안해졌다.

"언니들, 왜 그래요? 다 뻥인데. 아빠, 나 잘했지?"

"그래, 우리 딸 잘했다."

신현우와 신지혜가 장난을 친 것이었다. 다들 허탈한 표정을 지었다. 엘시가 고개를 숙여 신지혜의 볼을 잡고 늘렸다.

"너, 언니들 놀릴 거야? 우리 그냥 언니들 아니야. 대선배님들이라고."

"우리 아빠가 더 선배인데요?"

당돌한 신지혜의 대답에 송지유가 풋 하고 웃어버렸다. 엘시가 볼을 더 늘렸다.

"너, 아주 똑똑하구나? 꼭 우리 지유 같다."

"네? 언니, 제가 어때서요?"

"너도 당돌하잖아."

"언니도 당돌하잖아요."

"난 걸크러쉬고."

"저도 걸크러쉬예요."

송지유와 엘시가 팽팽히 맞섰다. 요즘 들어 송지유와 엘시가 부쩍 친해진 상태였다. 만나기만 하면 저러면서도 둘이 꼭 붙어 지냈다.

"안 되겠다. 귀여운 솔아, 송지유 당돌한 거 맞지? 나는 걸크러쉬고?"

"네? 저, 저한테 물으신 거예요?"

이솔이 어쩔 줄을 몰라 하며 현우를 쳐다보았다. 구조 신호였다.

"왜 또 솔이한테 화살이 돌아와요? 다연 씨, 괴롭히는 건 솔이 대신에 하나로 합시다."

"아~ 왜 또 차별하세요! 프아돌 때도 솔이 뽑았죠? 진짜!"

배하나가 툴툴거렸다.

신현우는 조용히 어울림 식구들을 바라보고 있었다. 시끌벅적하고 소란스러웠다. 어쩌면 요란하기도 했다.

'이렇게 사는 것도 어쩌면 재미있을 수도.'

이상하게도 마음이 놓였다. 우울해하던 막내딸도 히히 웃고 있었다.

"큰형님, 상황 정리 좀 부탁드리겠습니다!"

이지수가 얼른 남자 목소리를 내며 말했다.

"대선배님한테 까부는 거 아니다. 낄 때 끼라고 했지?"

"죄송합니다, 누님."

유지연의 지적을 이지수가 센스 있게 받아쳤다. 신현우도 픽 웃을 수밖에 없었다.

'큰형님이라……'

신현우는 많은 생각이 들었다. 김현우 대표를 제외하곤 스물한 살로 엘시가 가장 나이가 많았다. 송지유도 스무 살이었고 심지어 i2i 멤버들은 청소년이었다. 두 딸을 둔 아버지라서 그런지는 몰라도 신현우는 왠지 모를 책임감이 생겨남을 느낄 수 있었다.

*　　　　*　　　　*

어울림 엔터테인먼트 지하 1층 연습실. 송지유와 엘시, i2i의 멤버들을 비롯한 소속 아티스트들과 어울림의 식구들이 총출동해 있었다. 어울림 식구들의 시선이 연습실 중앙에 서 있는 신지혜에게로 향해 있었다.

'이것 봐라?'

신지혜를 보고 있는 현우가 묘한 표정을 했다. 쏟아지는 시선에도 신지혜는 별로 떨지 않았다. 그날 새벽 신지혜는 현우에게 한 가지 약속을 더 했다. 열심히 춤과 노래를 연습해서 오겠다는 것이었다.

열한 살짜리 아이는 나름 비장했다. 릴리도 그 모습을 흥미롭게 쳐다보고 있었다.

"저 이제 할래요, 대표님."

"떨리지는 않아?"

"떨리는데요, 대표님이랑 약속했잖아요."

"오호, 그래?"

"네. 아빠가 약속은 꼭 지키는 거라고 하셨어요."

"그렇긴 하지. 자, 그럼 부담 갖지 말고 해봐. 잘할 필요는 없어. 열심히만 해."

현우가 고개를 끄덕여 보이자 최영진이 얼른 노래를 틀었다. 연습실로 익숙한 전주가 흘러나왔다.

"아자! 우리 노래다!"

"나이스!"

"나이스 플레이!"

i2i 멤버들이 환호성을 질렀다. i2i의 더블 타이틀곡인 '소녀는 무대 위에'였다. 반면, 현우와 릴리는 표정이 조금 좋지 못했다. 걸리쉬곡이라 멜로디도 안무도 쉬워 보였지만 막상 실제로 들여다보면 절대 쉬운 곡이 아니었다.

'배짱이 대단한데?'

전주에 맞춰 신지혜가 춤을 추기 시작했다. 통통 스텝을 밟는 안무가 포인트인 곡이었다. 정확하지는 않지만 신지혜는 나름 핵심을 놓치지 않았다. i2i 멤버들이 박수를 치기 시작했다. 송지유도, 엘시도, 다른 어울림 식구들도 박수를 치며 신지혜를 응원했다.

곡이 끝이 났다. 현우와 릴리는 표정의 변화가 없었다. 이번에는 보컬 테스트였다. 추향이 관심 있게 신지혜를 주시했다.

"지혜야, 언니 노래지?"

엘시를 향해 신지혜가 도리도리 고개를 저어 보였다. 어느새 '낙엽편지'의 전주가 흘러나오고 있었다.

"치, 송지유, 내가 졌다."

"저는 그런 생각 한 적 없는데요."

"내심 경쟁의식 있었으면서."

"전혀 없었거든요?"

"노래 나올 때 그럼 나는 왜 쳐다봤어?"

"언니가 예뻐서요?"

"귀여워~ 송지유. 이제는 농담도 하네? 내가 보람이 있다."

"은근슬쩍 붙지 마세요."

"싫어~"

현우가 피식 웃으며 송지유와 엘시를 쳐다보다 신지혜에게로 시선을 돌렸다. 마이크를 들고 신지혜가 노래를 부르기 시작했다.

그 밤, 그날의 우리를 떠올려요

그날 가을밤의 우리는 사라졌지만

눈을 감고 그날의 가을밤을 기억해요

떨어지던 빗소리

흩날리던 낙엽들

가로등 아래 그대 숨소리

그리고 그대 뒷모습

첫 소절부터 음정이 흔들렸지만 현우의 표정이 살짝 변했다. 특이한 음색이었다. 송지유와 이솔을 뒤섞어놓은 것 같은 목소리였다. 송지유와 이솔도 흥미로운 표정으로 신지혜를 쳐다볼 정도였다.

'춤보다는 보컬 쪽 재능인가?'

신지혜를 지켜보고 있던 현우의 눈썹이 이제는 아예 꿈틀거렸다. 열한 살짜리가 노래에 몰입하고 있었는데 마치 무대 위의 송지유 같았다. 송지유처럼 연기를 하듯 노래를 부르고 있었다. 아니, 송지유를 따라 하고 있었다.

"그만."

1절만 듣고 현우가 노래를 끊었다. 순간 연습실 분위기가 싸해졌다. 신지혜가 팍 기가 죽어 있다. 현우가 노래를 끊었기 때문이다. 현우가 신지혜에게 다가가 눈높이를 맞춘 다음 입을 열었다.

"제가 춤이랑 노래랑 잘 못했어요?"

"음, 릴리 선생님부터 말씀하시죠."

아까부터 아무런 말도 없이 조용히 서 있기만 하던 릴리가 마침내 팔짱을 풀었다.

"지혜는 아까 춤을 추면서 지수를 생각하고 춤을 췄지?"

"네. 어떻게 아셨어요?"

릴리의 말에 현우는 깜짝 놀랐다. 릴리는 신지혜의 춤 선을 보며 이지수를 따라 했음을 간파한 상태였다.

"선생님은 다 보면 알지요. 왜 그랬어?"

"지수 언니가 춤추는 게 저는 제일 예뻐 보였어요."

"그랬구나? 대표님, 대표님 차례예요."

현우가 머리를 긁적였다.

"하, 이거 신기한데요? 저도 똑같은 생각이 들었습니다. 지혜가 지유처럼 노래를 부르더군요. 표정이랑 감정도 똑같이 베껴서요."

엘시와 함께 서 있는 송지유도 현우와 같은 생각이었다.

"잘못했어요, 대표님, 선생님……."

신지혜가 울상을 했다. 현우가 고개를 저었다.

"아니, 잘못한 거 없는데?"

"네에?"

"잘했어. 지혜는 모르겠지만 지유를 따라서 노래를 부르는 건 쉬운 게 아니야. 혹시 여기 WE TUBE에서 지유 커버 영상 본 사람 있나?"

다들 고개를 저었다. 송지유 본인도 마찬가지였다. 송지유의 음색이 워낙 독보적이고 그 감수성을 감히 표현할 수가 없어서 WE TUBE에는 송지유 커버 영상이 극히 드물었다.

송지유도 그랬고 어울림 엔터테인먼트 소속 보컬들은 다들 음색이 독보적이었다. 그래서 대중들이 어울림 엔터테인먼트 소속 가수들에게 열광하는지도 몰랐다.

"지수 춤 선을 그대로 따라서 췄어요, 대표님. 춤을 추는 사람은 알 거예요. 이거 정말 쉬운 게 아니에요. 그 사람의 호흡이나 특징까지 캐치해야 하는 어려운 일이에요. 특히 지수는 발레를 하던 아이예요. 무슨 말인지 아시죠?"

"그럼요."

"대표님."

"네, 릴리 선생님."

"어디서 이런 괴물 같은 아이를 발굴하셨어요?"

릴리가 신기해했다. 릴리가 보기에 신지혜라는 아이는 잠재력이 무궁무진했다.

"뭐, 운이 좋았죠."

"또 그 말씀이세요? 세상 운은 대표님이 다 가지고 계신가

봐요?"

"그런 것 같습니다."

현우가 씩 웃었다. 그리고 신지혜를 쳐다보았다. 어울림의 미래인 아이였다. 현우의 눈동자로 애정이 넘쳐났다.

"지혜야, 아직도 연예인 하는 건 싫어?"

"모르겠어요. 생각해 볼게요. 그렇지만 대표님이랑 한 약속은 꼭 지킬 거예요. 그러니까 우리 아빠 1등 하게 해주세요. 저랑 약속했잖아요."

신지혜의 당돌한 발언에 어울림 식구들이 일제히 현우를 쳐다보았다. 설마하니 초등학교 4학년짜리랑 이런 모종의 계약을 맺었으리라고는 그 누구도 상상하지 못했다.

현우는 신지혜를 보며 또 한 번 감탄했다. 정말 영리한 아이였다. 어울림 식구들이 보는 앞에서 이렇게 공증 아닌 공증까지 하고 있었다.

'나중에 크면 볼 만하겠다. 지유랑 다연 씨 저리 가라겠어.'

대답을 바라며 신지혜가 현우를 말똥말똥 쳐다보고 있었다.

"약속했지. 그리고 대표님은 약속 잘 지켜. 특히 지혜 같은 어린아이랑 한 약속은 꼭 지켜야 한다고 생각해. 그러니까 걱정할 필요 없어."

"네. 그럼 저도 대표님이랑 약속했으니까 춤이랑 노래랑 열심히 배울게요. 매일매일 올게요."

"매일? 일주일에 세 번만 와도 괜찮아."

"아니에요. 매일 와서 배울래요."

"왜?"

"대표님이랑 언니들한테 고마워서요."

심지어 분명하기까지 했다. 정말 물건 중의 물건이라는 생각이 들었다.

"김현우, 잘못 걸렸네."

그런 현우를 바라보며 송지유가 고소를 머금었다.

＊　　　＊　　　＊

"어때? 내가 뭐랬어? 우리 어울림의 미래가 될 아이라고 했지?"

"그래서 참이나 좋겠다."

손태명이 어이없다는 표정으로 현우를 쳐다보고 있었다. 열한 살짜리랑 약속을 했다. 그리고 그 약속은 꽤나 지키기가 어려운 약속이었다. 게임으로 따지면 상당히 까다로운 그런 임무였다.

40살의 한물간 락커를 재기시키는 것도 모자라 가요 프로 1위에 올려놓겠다고 현우는 덜컥 약속을 해버렸다.

"니도 봤잖아. 보통 아이가 아니라고."

"그건 나도 동의해. 근데 현우야, 우리 어울림 가족들이 다 보는 앞에서 그렇게 약속을 해버리면 어떻게 하나?"

"뭐가?"

"그 약속 못 지키면 넌 뭐가 되느냐는 말이지."

"지금 내 걱정 해주는 거냐? 하, 이러니까 너랑 나랑 꼭 부부 같다는 말을 듣는 거야. 징그럽지 않냐? 내가 너랑?"

"나도 마찬가지다, 이 사고뭉치 자식아."

현우와 손태명이 서로를 보며 고개를 저었다.

"그래서 신현우 씨는 어떻게 재기시킬 건데?"

"그거 의논하려고 다들 모인 거 아니냐."

현우가 주변을 둘러보았다. 최영진과 고석훈, 김철용, 유선미, 이혜은, 오승석, 김정호, 추향, 마지막으로 얼마 전에 합류한 릴리까지 어울림 식구들이 모두 모여 있었다.

"그런데 우리 진짜 부부 같아요?"

"네, 형님."

최영신이 낭연하다는 듯 말했다.

"두 분 잘 어울리세요. 실장님이 조금 더 고생하시는 것 같긴 하지만요."

"혜은 씨까지 그렇게 생각하고 있었어요? 이거 곤란하네. 그런 의미에서 맥주 한 캔씩 마시면서 회의하죠."

"기승전결이 아니고 기승전 맥주냐?"

"바가지 긁지 마. 네가 이러니까 부부 같다는 소리가 나오는 거야."

여기저기에서 웃음이 터졌다.

"철용아, 맥주 마시자."

"네, 형님!"

김철용이 잽싸게 미니 냉장고에서 맥주 캔을 꺼내 돌렸다. 시원하게 맥주를 들이마시며 현우는 유선미가 준비한 피피티를 쳐다보았다. 자연스레 피피티 파일명으로 시선이 모아졌다.

Rock star never die

락 스타는 결코 죽지 않는다. 사뭇 비장함마저 느껴지는 문구였다.

피피티 파일명은 거창하게 구상했지만 현우를 비롯한 어울림 식구들은 죽을 맛이었다.

이미 회의 내내 수많은 아이디어가 오고 간 상태였지만 별다른 소득은 없었다.

"형님, 큰형님을 N.NET 오디션 프로에 출연시키는 게 어떨까요? 보니까 '슈퍼스타K'라면 확실히 화제성도 보장이 되고요. 마침 지원자 모집 기간이기도 합니다."

i2i 전담 매니저인 최영진의 의견이었다.

"소속사가 있어도 문제는 없나요, 영진 씨?"

유선미가 핵심적인 질문을 던졌다. 최영진도 아차 싶었다.

"아, 그게 좀 그렇겠네요. 우리 회사 소속이라는 게 밝혀지면 화제는 되겠지만 역효과도 나겠네요. 그리고 1년뿐이긴 하지만 워낙 족적을 굵직하게 남기신 분이라 형평성 논란도 있을 테고요."

실제로 슈퍼스타K에 흘러간 옛 가수들이 종종 출연하긴 했지만 본선까지 올라간 사람은 한 명도 없었다. 그저 화제성만 일으킬 뿐이었다. 그리고 어울림 엔터테인먼트 소속이라는 사실이 밝혀지면 형평성 논란도 벌어질 것이 분명했다.

김철용이 현우를 빤히 쳐다보고 있다.

"철용이도 할 말이 있어 보이네. 말해봐."

"예!"

김철용이 벌떡 자리에서 일어났다. 그 씩씩함에 현우가 피식 웃었다.

"무모한 형제들에 신현우 큰형님이 나간다면 확실히 좋지 않을까 합니다!"

대표실이 조용해졌다. 무모한 형제들. 어울림 엔터테인먼트와는 인연이 깊은 프로그램이다. 아니, 지금의 어울림 엔터테인먼트와 국민 소녀 송지유가 있기까지 큰 공헌을 한 프로그램이었다.

"음, 무형이라……. 확실히 빅 카드이긴 하지."

오승석이 고개를 끄덕거렸다.

"현우야, 철용이 의견 어때?"

실장 손태명이 물어왔다. 턱을 쓰다듬으며 생각에 잠겨 있던 현우가 숨을 들이켜며 입을 열었다.

"무형이 화제성 면에선 압도적이지. 하지만 너무 치트 키야. 지금에 와서 지유 때를 돌이켜 보면 말이야. 아찔한 적이 정말 많았어."

"하루하루 외줄 타기 인생이긴 했지. 말이 안 되기도 했고. 김현우의 불도저 정신이 절정에 이르렀을 때이기도 했고."

오승석이 맥주를 마시며 고개를 저었다.

당시 현우에게는 김정호와 오승석, 그리고 소속 연예인이라곤 스무 살의 송지유가 전부였다. 회사도 아버지의 기획사 3층 사무실을 임대해서 쓰고 있었고, 수중에는 몇 백만 원이 전부였다.

이진이 작가가 송지유를 캐스팅 목록에 올리지 않았더라면? 그리고 본래 출연을 결정했던 '발굴! 뉴 스타!'의 메인 피디 김기태가 송지유를 까지 않았더라면? 무엇보다 송지유의 노래가 담긴 USB를 이승훈 피디와 이준영 피디가 발견해 내지 않았더라면 송지유는 무모한 형제들에 감히 출연할 수가 없었다.

거기다 트로트 특집이라는 송지유 맞춤 기획이라는 천운까지 더해졌다. 이토록 운이 따라줬지만 방송이 나가는 내내 현우는 마음고생을 했다. 신인 가수인 송지유가 무모한 형제에 출연했다는 이유로 온갖 비난과 논란이 쏟아졌기 때문이다. 주말 1위 예능에 무명 신인 가수가 출연을 한다는 이유 때문이었다.

만약 송지유에게 타고난 노래 실력과 스타성이 없었더라면 오히려 무모한 형제들 트로트 특집 출연은 독이 되었을 것이다.

"어떻게 보면 우여곡절이 많은 프로그램이었어. 그런데 신현우 형님까지 출연시킨다면 공감하지 못하는 시청자도 많을 거야. 쉽게 간다고 생각하겠지."

"하지만 그때의 어울림과 지금의 어울림은 명백히 다르지 않습니까? 누구도 쉽게 간다는 생각은 하지 않을 겁니다."

고식훈이 반문했다. 현우가 살짝 웃었나.

"석훈이가 말 잘했네. 그래, 그때는 무형이 우리 어울림의 동아줄이나 마찬가지였어. 그래서 대중들의 비난과 논란도 감수할 수 있었지. 지유를 걸고 도박할 수도 있었고. 하지만 말이야, 아, 내 입으로 말하기는 좀 그렇고. 철용아."

"네, 형님! 지금 우리 어울림은 4 대 기획사로 우뚝 섰습니다! 무서울 게 없죠!"

김철용이 뿌듯한 표정을 했다.

"그렇지. 그러니까 락커라는 상징성과 음악성으로 승부를 보자는 겁니다. 우리 어울림 엔터테인먼트의 기획력으로만 말이죠."

"무모한 형제들 같은 대형 예능 프로그램을 통한 화제 몰이 후 복귀는 제외한다는 말씀이시죠, 대표님?"

"그렇습니다. 락커 신현우와는 어울리지 않는 방법이니까요."

현우는 만족스러웠다. 뉴욕에서 '차가운 도시의 법칙'을 촬영할 때도 유선미는 현우 없이도 일 처리를 참 잘했다.

현우가 좌중을 둘러보며 입을 열었다.

"신현우 하면 뭐가 생각납니까?"

"불꽃 락커."

"1집으로 대박을 치고 사라진 비운의 락커?"

"조각 락커요!"

이혜은이 손을 번쩍 들고 말했다.

"다들 좋습니다. 공통점이 하나 있네요. 바로 락커라는 점."

다들 고개를 끄덕였다. 신현우는 락커였다.

"일반적인 예능 프로보다는 철저하게 락커 신현우로 승부를 볼 겁니다."

"앨범부터 내자 이거냐?"

"그래, 손 실장. 하지만 앨범을 내기 전에 스토리텔링이 필요해. 영화 '라디오 스타' 본 사람 있습니까? 뭐 안 본 사람들을 찾는 게 더 빠르겠지만."

현우가 빙그레 웃었다. 라디오 스타. 88년도 가수왕 출신인 한물간 락커 최곤이 나이 많은 전 매니저 박민수와 함께 지방 방송국의 라디오에 출연하면서 생기는 이야기들을 다룬 영화였다. 관객 동원 200만 명도 채우지 못했지만 명작으로 남아 있는 그런 영화였다.

"락커 신현우를 가지고 스토리텔링을 할 겁니다. 영화 라디오 스타처럼 뻔하고 유치하지만 감동이 있게 말입니다."

"스토리텔링이라……. 대중에게 가장 강력하게 먹혀드는 방법이긴 하지."

손태명이 고개를 끄덕거렸다. 어울림 엔터테인먼트 소속 연예인들이 대중에게 유난히 많은 사랑을 받고 있는 이유는 개개인마다 스토리텔링이라는 것이 존재했기 때문이다. 특히 어울림의 상징이자 3대 갓이라 불리는 송지유와 엘시, 이솔은 특별한 스토리텔링을 가지고 있었다.

"확실히 좋은 생각이야. 그런데 신현우 형님께서 받아들이실까? 아무래도 지금의 상황이 대중에게 노출될 텐데?"

손태명도 그렇고 다들 그 걱정을 하고 있었다. 우수에 젖은 락커는 어떨 때는 위태위태한 분위기를 풍겼다.

"이런 말까지는 하지 않으려고 했는데, 신현우 형님, 며칠 전까지만 해도 우리 아버지 회사 소속으로 밤무대에서 노래를 불렀다, 태명아."

다들 놀라워했다. 믿을 수 없다는 표정들이었다.

"정말이야? 불꽃 락커가 밤무대에 섰다고? 왜? 돈 때문에?"

"아니, 딸들 때문에, 그리고 아버지이기 때문에."

다들 숙연해졌다. 설마하니 신현우에게 그런 비하인드 스토리가 있을 줄은 상상도 못 한 어울림 직원들이었다. 그저 단순하게 새로운 식구라 생각한 신현우가 남다르게 느껴졌다.

"큰형님이 그냥 최곤이네요. 살아 있는 최곤이요."

김철용이 붉어진 눈동자로 그렇게 말했다.

"그렇다면 영화 속 매니저 역할을 해줄 사람이 필요한 거잖아? 스토리텔링을 하려면. 설마 그게 현우 너냐?"

손태명이 핵심을 짚었다. 현우도 요 근래 대중으로부터 큰 인기를 얻고 있었다. 엘시 사건 때 얻은 김태식이라는 이미지가 캔 커피 광고를 통해 극대화되었고, 또 기업가답지 않지 않은 오지랖도 한몫을 했다.

어울림 엔터테인먼트의 젊은 대표 김현우와 한물간 락커 신현우의 만남. 확실히 대중들이 좋아할 만한 스토리였다.

"김태식과 불꽃 락커 신현우 조합, 나쁘지 않아."

"나쁘지 않지. 하지만 아직 내 순서는 아니야."

현우도 이를 잘 알고 있었다. 하지만 목표는 신현우를 완벽하게 부활시키는 것이었다.

"그런데 태명아, 나보다 더 적합한 적임자가 있어."

"그게 누군데요, 대표님?"

이혜은이 호기심을 참지 못하고 물었다. 현우가 씩 웃으며 입을 열었다.

*   *   *

포장 이사 업체 차량들이 좁디좁은 골목으로 들어섰다. 마침 날씨도 좋았다. 지하 연립에서 이미 대부분의 짐이 골목으로 나와 있는 상태였다.

포장 업체 직원들이 있었지만 신현우는 굳이 일을 돕고 있었다. 그리고 골목으로 초록색 밴 봉식이가 나타났다.

"연예인들 타고 다니는 밴 아녀?"

"그러네."

포장 업체에서 나온 아주머니들이 웅성거렸다. 그리고 밴 안에서 훤칠한 청년이 다섯 명이나 내렸다.

현우와 손태명, 그리고 최영진과 고석훈, 김철용이었다. 신현우가 잠시 일손을 멈추고 다가왔다.

"대표님이랑 여러분이 여긴 왜 오셨습니까?"

"도와드리려고 왔죠."

"바쁘신 분들이 굳이……."

신현우의 말이 맞았다. 굳이 오지 않아도 되는 일이었다. 손태명이 현우의 어깨를 툭 치며 입을 열었다.

"이게 어울림 엔터테인먼트의 매니지먼트라고 일장 연설을 하는 바람에 온 거죠, 뭐."

"하하."

신현우가 픽 웃었다. 아직도 그때 현우가 한 그 말이 생생했다. 현우도 그때의 일이 떠올라 괜스레 민망했다.

"뭐 하냐, 큰형님 일하시는데? 짜장면 먹고 싶으면 일들 해라."

"예, 형님!"

김철용이 소매를 걷어붙이고 짐들을 나르기 시작했다. 손태명이 고개를 저었다.

"하여간 철용이 저 자식도 은근히 너랑 죽이 맞는단 말이야."

"시끄럽고, 일해. 사무실에서 맨날 앉아만 있어서 땀 좀 흘리고 싶다고 한 건 너였어, 손태명 실장."

"아, 예. 대표님이 까라면 까야죠. 일개 실장이."

"그러니까 까라고."

"예, 까겠습니다."

"오케이."

자기들끼리 신나게 떠들더니 또 열심히 짐을 날랐다. 그 모습을 보며 신현우는 조용히 웃고 있었다. 정말이지 특이한 기획사고 사람들이었다. 그리고 어울림 식구가 되었다는 말이 피부로 와닿는 순간이었다.

서유희가 살고 있는 연희동의 아파트 근처에 신현우 부녀의 새 보금자리가 자리를 잡았다. 깨끗한 신축 빌라였다.

"우와! 이게 우리 집이에요? 좋다!"

학교를 마치고 온 신지혜가 방 두 개짜리 깨끗한 빌라를 보며 너무나도 행복해했다. 신현우는 딸아이의 기뻐하는 모습에 현우에게 고마웠고 또 그간 고생시킨 딸들에게 미안했다.

"생각보다 집이 좋습니다, 대표님. 감사합니다. 이 은혜, 꼭 갚겠습니다."

신현우가 한참이나 어린 현우에게 고개를 숙여 보였다.

"은혜는요. 투자라니까요."

"맞아요, 투자. 아빠, 내가 나중에 커서 대표님한테 돈 많이 벌어주면 되니까 아빠는 아무 걱정 하지 마."

신지혜가 헤헤 웃으며 신현우에게 말했다. 현우는 그런 신지혜가 대견했다. 그리고 정말로 돈을 많이 벌어다 줄 아이였다. 그렇지 않았으면 황금빛 후광을 보지 못했을 것이다.

짐 정리가 끝날 쯤 송지유가 유선미와 함께 나타났다.

"안녕하세요, 선배님? 지혜도 안녕? 학교 잘 다녀왔어?"

"응! 전학 간다고 하고 왔어! 너무 신나!"

"전학을 가는 게 신난다고?"

"네, 대표님! 새 친구들이 생기니까요."

확실히 조금은 특이한 아이였다.

현우가 송지유를 쳐다보았다. 요즘 휴식기이긴 하지만 여기까지 와준 송지유에게 고마웠다. 그런데 양손 가득 무언가를 들고 있었다.

"그거 뭐야?"

"할머니가 신현우 선배님 가져다 드리라고 해서 가져왔어요."

"고마워요, 지유 씨."

"말씀 편하게 하세요, 선배님."

송지유가 먼저 친근하게 다가갔다.

"그럴까요? 고맙다, 지유야. 지혜도 인사해야지?"

"고마워, 언니!"

시키지도 않는데 신지혜가 냉장고로 밑반찬과 국이 담긴 통을 차곡차곡 넣었다. 포장 업체 직원들이 모두 돌아가고 짐

정리도 끝이 났다.

"철용아, 중국집 배달시켜라."

"네, 형님!"

중국 요리가 오는 사이 현우는 유선미에게 법인카드를 주었다.

"선미 씨, 집에 필요한 거 있으면 빠짐없이 다 사세요."

"네, 알겠습니다, 대표님."

"아닙니다. 괜찮습니다, 대표님."

신현우가 극구 사양했다. 하지만 신지혜는 달랐다.

"선미 언니, 저랑 같이 상의해서 사요."

"지혜야, 그럼 못써."

"아빠, 투자잖아, 투자."

신지혜가 신현우의 어깨를 다독이기까지 했다. 현우는 크게 웃어버렸다. 정말 골 때리는 열한 살이었다.

'진짜 물건이다, 물건.'

하루빨리 신지혜가 컸으면 하는 바람이 생길 정도였다.

＊　　　　＊　　　　＊

여의도 근처의 카페 거리에 하얀색 SUV가 섰다. 말끔한 남색 슈트 차림의 현우가 먼저 운전석에서 내렸다. 그리고 뒤이어 블랙 슈트를 차려입은 신현우가 내렸다. 점심시간인지라 거리에는 직장인들이 제법 많았다.

"저기 봐봐. 연예인들인가? 와아, 슈트 핏 봐."

여성 직장인들의 시선이 현우와 신현우에게로 쏟아졌다. 두 남자가 걸음을 옮길 때마다 대놓고 시선들이 쏟아졌다.

"저 키 큰 남자 누구지? 진짜 멋있다! 미쳤어!"

"어? 그 옆에 혹시 김현우 대표님 아니야?"

"진짜?"

"선글라스를 쓰긴 했는데 맞네!"

"가보자!"

몇몇 여성 직장인들이 현우와 신현우에게로 다가왔다.

"혹시 김현우 대표님이신가요?"

"네? 아, 네."

여기저기에서 비명이 터져 나왔다. 여성 직장인들이 몰려들며 현우와 셀카를 찍거나 사인을 받았다.

"대표님, 옆에 계신 분은 누구예요? 영화배우예요?"

신현우를 쳐다보며 여성 직장인들이 넋을 놓고 있었다. 현우가 빙그레 웃었다.

"저희 소속 가수분이십니다."

"이름이 뭔데요?"

"신현우, 신현우입니다."

"신현우요? 누구지? 근데 대표님이랑 이름이 똑같네요?"

"어쩌다 보니 그렇게 됐네요."

"사진 찍어주세요, 신현우 님!"

"사진이요?"

신현우는 지금의 상황이 낯설었다. 하지만 신현우도 정신을 차리고 셀카를 함께 찍어주었다.

그렇게 한바탕 소동을 겪고 난 후에야 현우와 신현우는 카페로 들어올 수 있었다.

현우가 커피를 주문하고 자리로 돌아왔다.

"이야, 정말 남자가 봐도 반할 정도인데요?"

"그렇습니까?"

신현우가 커피를 한 모금 마셨다.

현우는 그런 신현우를 살펴보고 있었다. 오늘 아침 청담동 몽마르트에 다녀왔다. 그리고 신현우를 대변신시켰다. 몽마르트의 원장도 신현우를 보고 놀랄 정도였다. 잘생기기로 유명한 영화배우 장우성과 비교해도 신현우는 절대 밀리지 않았다.

그래서 그런지 카페에 있는 여자 손님들이 신현우를 흘깃 쳐다보기까지 했다.

"떨리세요?"

"조금은 떨립니다. 사실 끝이 그렇게 좋지가 않았거든요. 몇 번 연락도 하셨는데 그때마다 제가 바쁘다며 피했습니다. 어떻게 봐주실지 걱정입니다."

"저만 믿으세요, 형님."

"그래요. 대표님만 믿어야죠."

신현우가 부드럽게 웃었다. 오후 1시가 되었다.

딸랑.

카페 문이 열렸다. 그리고 현우와 신현우가 동시에 자리에서 일어났다.

제법 키 큰 중년 사내가 손을 들어 보이며 성큼성큼 현우와 신현우 쪽으로 걸어왔다.

"어울림 엔터테인먼트의 김현우입니다, 선생님. 만나 뵙게 되어 기쁩니다."

"선배님, 오랜만에 뵙습니다. 신현우입니다."

"하하, 이거 내가 만나고 싶던 두 사람을 오늘 다 만나네. 김현우 대표와 내가 아끼는 후배 신현우라……. 오늘 운수 좋은 날인가? 일단 앉읍시다."

콧수염이 인상적인 중년의 사내는 전설적인 밴드 송골매의 기타리스트 배철수였다.

*   *   *

"이것 참 신기한 일이군요. 내 앞에 김현우 대표님도 모자라서 후배 신현우까지 등장하다니. 하하!"

배철수는 지금의 상황을 신기해하면서도 흐뭇한 표정을 짓고 있었다. 평소 만나고 싶던 두 사람을 다 만나게 된 셈이다.

"그래요. 두 사람은 어떻게 만나게 된 겁니까? 아무리 생각해도 신기한 일이에요."

현우가 커피를 가져오자 배철수가 물었다. 커피를 한 모금 마신 다음 현우가 조용히 입을 열었다.

"얼마 전 밴 안에서 우연히 선생님의 라디오를 들었습니다."

"어허! 그랬단 말입니까?"

배철수도 본인이 라디오에서 한 말을 아직도 기억하고 있었다. 그래서 더욱 놀라웠다.

"선생님께서 저희 어울림에게 해주신 말씀, 그리고 여기 신현우 형님을 언급하신 것도 듣게 되었습니다."

"현우 대표님처럼 저도 포장마차에서 우연히 선배님의 라디오를 들었습니다."

신현우까지 쓴웃음을 머금고 있었다.

"이런 놀라운 일이 있나!"

배철수가 무릎을 탁 치며 놀라워했다. 같은 날 같은 시간에 이름도 같은 두 사람이 자신의 라디오를 들었고, 또 그 두 사람을 이렇게 만나게 되었다. 정말이지 영화에서나 나올 법한 우연이었다.

너무 놀라 말을 잇지 못하는 배철수를 보며 현우는 여전히 쓴웃음을 머금었다. 이 모든 운명의 연속이 현우 본인에 의한 것이라는 걸 배철수도 신현우도 모르고 있었다.

배철수는 한동안 생각에 잠겨 말이 없었다. 커피가 조금 식을 무렵 배철수가 현우를 쳐다보았다.

"내가 도울 일이 있으면 사양 말고 말해봐요."

현우가 빙그레 웃으며 입을 열었다.

"저희 어울림 엔터테인먼트는 신현우 형님을 부활시킬 계획을 가지고 있습니다. 선생님께서 도움을 주셨으면 합니다."

"그럽시다. 당연히 그래야지요. 나도 라디오에서 한 말이 있으니까 책임을 지겠습니다."

"책임이요?"

현우가 반문했다.

"책임이죠. 이렇게 멀쩡한 후배를 그동안 방치했으니 말입니다."

배철수가 신현우를 보며 미안해하는 표정을 지었다. 불꽃 락커 신현우는 건재했다. 10여 년의 세월이 더해져 더 깊은 매력을 풍기고 있었다.

"내가 미안했다."

그저 몇 번 전화를 걸어 안부를 물었을 뿐이다. 하지만 어울림 엔터테인먼트의 젊은 대표는 일말의 인연도 없건만 후배 락커 신현우를 재기시키겠다는 계획을 세우고 있었다. 그래서 일면식도 없는 자신을 찾아왔다.

한때 밴드에 몸담은 사람으로서 부끄러운 생각마저 들었다.

"락 밴드의 부활을 운운한 내가 다 부끄럽습니다."

"아뇨, 선생님. 그렇게 생각하시면 안 됩니다. 라디오 프로에서 선생님께서 먼저 언급을 해주시지 않았습니까? 그리고 저희 어울림 직원 말을 듣고 깜짝 놀랐습니다. 어지간하면 국내 가수 노래를 틀어주시지 않는데 그날은 신현우 형님 노래를 틀어주시지 않았습니까?"

회의를 하다가 유선미에게 들은 말이다. 한때 배철수의 음악캠프를 열렬히 청취한 유선미는 말했다. 팝송을 다루는 라디오인 만큼 신현우의 'Sad Cry'를 선곡한 것은 굉장히 이례적인 일이라고 말이다.

새롭게 알게 된 사실에 현우는 더욱더 배철수를 만나고 싶었다.

"허허."

배철수는 콧수염을 쓰다듬으며 말을 잇지 못했다. 현우는 그런 배철수를 조용히 기다려주었다.

"그럼 내가 어떻게 하면 도움이 되겠습니까?"

얼핏 비장함마저 엿보였다. 현우는 살짝 웃음을 머금었다.

"그렇게 긴장하실 필요는 없습니다. 선생님께서 도움을 주시기로 결정을 내리신 이상 각본은 이미 완벽하게 쓰여 있으니까요."

복도로 많은 사람들이 분주하게 걸음을 옮기고 있었다. 그리고 그 복도의 한복판에 신현우가 서 있었다. 복도를 지나던 사람들이 흘깃흘깃 신현우를 쳐다보며 지나갔지만, 신현우는 혼자만의 세계에 잠시 머물러 있었다.

"……."

신현우가 기타 케이스를 등에 멘 채로 복도의 끝을 응시하고 있었다. 다시는 오지 못할 곳이라고 생각하던 장소로 돌아왔다. 그의 머릿속으로 많은 기억이 스쳐 지나갔다. 1999년 화려하게 데뷔했고, 별명처럼 불꽃같은 1년을 보냈다. 장소도, 그리고 지나가고 있는 사람들도 이제는 다 달랐지만 신현우는 1999년의 화려하던 어느 날을 떠올리고 있었다.

한참 동안 기억을 더듬고 있던 신현우가 깊게 숨을 들이마셨다.

"많이 떨리는 거 같은데?"

익숙한 음성에 신현우가 고개를 돌렸다. 그리고 입가로 희미한 미소를 머금었다. 전 매니저인 이정철이었다. 일터에 있어야 할 그가 지금 신현우의 눈앞에 존재했다.

"형이… 여긴 어떻게 온 거야?"

"신현우 컴백 첫 방송인데 내가 어떻게 가만히 있어? 응?"

신현우의 시선이 이정철 옆에 서 있는 현우에게로 향했다. 말끔한 슈트 차림의 현우가 어깨를 한번 으쓱했다.

"대표님."

"아무래도 저보다는 전 매니저가 더 편하실 것 같아서 특별히 부탁을 드렸습니다."

"……"

"신현우 너, 멋있다. 보기 좋아. 그래, 이래야 신현우지. 빛이 나는구나."

말끔한 새 청바지에 새 검은색 부츠, 그리고 깨끗한 가죽 재킷까지. 새롭게 태어난 신현우를 보며 이정철이 회한에 젖었다. 1999년의 패기 넘치던 불꽃 락커는 아니었지만 40살의 락커에겐 세월의 관록이 느껴졌다.

"감사합니다, 김현우 대표님. 신현우 이놈, 골 때리는 놈이긴 한데 그래도 아주 의리가 있는 놈입니다. 정말 잘할 겁니다. 제가 보증하겠습니다. 그리고 저 대신에 우리 신현우를 잘 부탁드리겠습니다."

이정철이 괜히 울먹였다.

"형, 왜 여기서 울고 그래?"

"나이 들어서 그런다. 너만 나이 먹은 줄 아냐, 자식아?"

"형은 이제 매니저는 못 하겠다."

"안 해, 인마. 네 매니저는 더더욱 안 해. 이 나이 먹고 또 네 시중을 들라고?"

"합의금 물게 한 적은 몇 번 있어도 형 시중은 들게 한 적 없어."

"알지. 알고 있지."

이정철은 더 이상 말을 잇지 못했다. 모두가 신현우를 떠났다. 같이 음악 하던 사람들도, 또 한때 제수씨라고 부르던 여자도 신현우를 떠났다. 그래서 자신만큼은 신현우의 옆에 남아 있어야겠다고 생각한 이정철이었다. 그리고 그 결정이 틀리지 않았음을 신현우가 증명해 내고 있었다. 현우는 물끄러미 그런 두 사람을 지켜보고 있었다. 오랜 세월 가수와 매니저로서 쌓은 끈끈한 믿음이 느껴져 괜히 코끝이 찡했다.

'갑자기 지유가 보고 싶네.'

현우는 핸드폰을 들여다보았다.

[잘하고 와요~ 김태식 씨.]

송지유가 조금 전에 보낸 코코넛 톡이었다. 무뚝뚝하고 송지유다웠지만 이상하게 마음 한쪽이 따뜻했다.

"두 분, 다녀오세요."

"예, 다녀오겠습니다."

이정철이 현우와 눈을 마주치며 고개를 끄덕거렸다. 그리고 신현우의 팔을 잡고 걸음을 떼었다.

＊　　　　　＊　　　　　＊

1990년 3월 19일 첫 방송을 시작한 이후로 20년이 넘는 역사를 자랑하는 '배철수의 음악캠프'는 큰 도전을 시도하고 있었다. '보이는 라디오'를 진행하지 않던 전통을 깨고 과감하게 '보이는 라디오'로 진행하자는 결정이 내려진 것이다.

결정을 내린 당사자는 듣는 라디오만을 고집하던 DJ 배철수였다. 피디와 작가들이 배철수의 파격적인 결정에 당황해하면서도 한편으론 큰 호기심을 가졌다. 얼마 전 방송 중에 언급한 신현우를 배철수가 직접 게스트로 초대를 했기 때문이다. 라디오 방송 전부터 제작진의 관심은 온통 신현우에게 쏠려 있었다.

"신현우라……. 기대되는데? 다들 기억은 하나? 아니지. 신현우 씨를 모를 수도 있겠는데?"

중년의 피디가 막내 작가들을 살펴보며 말했다. 작가 중에는 제법 나이가 있는 작가도 있었고 젊은 작가도 여럿 있었다.

"피디님, 왜 그분이 불꽃 락커라고 불리신 거예요?"

막내 여자 작가가 물었다. 자료 조사를 하면서 알아본 신현우는 'Sad Cry' 단 한 곡뿐인 락커였다. 곡 장르도 락 발라드로 헤비메탈 같은 밴드의 보컬도 아니었다. 그런데 왜 불꽃 락커라 불리는지 그 이유가 문득 궁금해졌다.

"음, 그게 말이지."

중년의 피디가 기억을 더듬었다. 신현우의 반짝한 전성기는 그가 한창 대학교를 다닐 때였다.

"정희 씨가 직접 보면 알아. 왜 불꽃 락커라고 불렸는지 말이야."

그때였다. 철컥 문이 열리며 훤칠한 체격의 락커가 나타났다. 옆에는 매니저도 함께였다.

"헉!"

작가들이 숨을 들이켰다. 퇴폐적이고 거친 야성미를 물씬 풍기는 조각 같은 남자가 자신들을 쳐다보고 있었다. 그 눈동자를 보고 있노라면 꼭 빨려들어 갈 것만 같았다.

방송가에서 일을 하며 가끔 잘생긴 아이돌을 보기는 했지만 이 남자는 차원이 달랐다. 존재감 자체가 엄청났다.

"신현우입니다."

깊은 중저음의 목소리까지 정말 매력적인 남자였다. 그리고 조금 전 피디에게 질문을 던진 젊은 여자 작가는 신현우가 왜 불꽃 락커라고 불렸는지를 깨달았다. 정말 불꽃같은 남자였다.

"매니저 이정철입니다. 제작진 여러분, 우리 현우 잘 부탁드립니다."

이정철이 머리를 숙이며 인사했다. 그리고 라디오 부스 안에서 배철수가 걸어 나왔다.

"현우야, 잘 왔다."

"선배님."

신현우는 더 말을 잇지 못했다. 선배가 자신에게 엄청난 기회를 주었다. 아무런 대가도 없었다. 배철수도 더 말을 잇지 못하고 신현우의 어깨를 두들겼다.

"목은? 컨디션은 괜찮나?"

"예. 걱정하지 않으셔도 됩니다."

"김현우 대표님은 어디에 있어? 왜 혼자 왔어? 응? 정철이 아니야?"

"선생님, 저 이정철입니다!"

이정철이 얼른 배철수의 손을 잡았다. 배철수도 이정철을 기억하고 있었다. 몇 번 방송국에서 마주친 적이 있었다.

"자네, 매니저 복귀한 건가? 그런 거야?"

"아닙니다. 김현우 대표님께서 오늘 신현우 이 녀석을 도와달라고 하셔서 특별히 일도 쉬고 왔습니다."

"그랬군, 그랬어."

배철수가 고개를 끄덕거렸다. 신현우의 사연을 모르는 막내 작가나 스태프들은 세 사람의 대화를 들으며 놀란 얼굴을 하고 있었다. 갑자기 어울림 엔터테인먼트 대표의 이름이 거론되고 있었다.

마침 문이 열리고 현우가 등장했다. 사연을 알고 있는 중년의 피디와 작가진이 현우를 반겼다.

분위기가 묘했다. 몇몇 작가들과 스태프들이 현우를 보고 놀라고 있었다.

"커피에는 도넛이죠."

진짜였다. 현우의 양손에는 커피 트레이와 도넛이 담긴 박스가 들려 있었다.

*   *   *

특유의 시그널 송이 흘러나왔다. 오프닝이었다. 그리고 '배철수의 음악캠프'가 특별히 '보이는 라디오'로 진행된다는 소식에 평소보다 많은 청취자들이 라디오를 지켜보고 있었다.

─엇! 배철수 선생님이 보이는 라디오를? 신기하네요?
─보이는 라디오다! 드디어!

―어? 진짜네?

―보라다!

―보라? 같이 일하는 편집자님 이름도 보라인데. ㅈㅅ; 라디오 들으면서 글 쓰다 보니 헛소리가; ㅈㅅㅈㅅ

그리고 배철수의 목소리가 흘러나오기 시작했다.

"세상을 살다 보면 가끔 라디오에서 듣던 노래가 생각날 때가 있습니다. 제목도, 그 노래를 부른 가수가 누군지도 기억은 나지 않고, 다시 그 노래를 듣고 싶어도 도무지 찾을 수가 없을 때는 그렇게 아쉬울 수가 없습니다. 청취자 여러분도 그런 경우가 종종 있지 않으십니까? 음, 저는 1999년이 기억이 납니다. 비 오는 날이었습니다. 방송국 근처 카페에 앉아 커피를 마시고 있었는데 라디오에서 노래가 나왔습니다. 신현우의 'Sad Cry'란 곡이었습니다. 노래를 들으면서 젊은 친구가 어떻게 저런 슬픔을 가지고 노래를 부르나 싶었습니다. 그래서 얼마 전에 특별히 제가 선곡을 했죠. 광고 듣고 오겠습니다."

배철수 특유의 '광고 듣고 오겠습니다' 라는 멘트가 흘러나갔다. 그리고 신현우가 자리에서 일어나 라디오 부스 안으로 들어갈 준비를 했다.

"오늘은 월요일입니다. 영화 음악을 들려 드리는 그런 시간입니다만, 오늘의 주제는 '라디오 스타'입니다. 사실 TV가 보급

되면서 음악은 큰 변화를 겪게 됩니다. '라디오 스타' 대신 '비디오 스타'들이 등장하게 된 것이죠. 하하! 다시 본론으로 돌아와서, 2006년 9월 27일 '왕의 남자'로 천만 영화를 기록한 이준익 감독은 1년도 채 되지 않아 '라디오 스타' 라는 영화를 세상에 선보입니다. 이호연 씨가 라디오 스타 참 감명 깊게 본 영화라고 평을 남겨주셨군요. 또 많은 청취자분들이 영화를 봤다고 말씀을 남겨주고 계시는군요. 네, 그렇습니다. 저는 며칠 전에 이 영화를 다시 봤습니다. 그리고 제가 알고 있는 한 사람이 떠올랐습니다. 한때 그 사람도 라디오 스타라고 불리기도 했습니다. 그래서 오늘은 제가 특별히 그분을 게스트로 모셨습니다."

 ―오! 진짜 게스트를 초대하셨어?!
 ―누굴까?
 ―오래된 사람인 듯. 라디오 스타라고 하는 거 보면
 ―80년대 가수신가? 90년대?
 ―누구지? 궁금해요! ㅠㅠ

 신현우가 깊게 숨을 들이마셨다가 내뱉었다. 작가들이 신현우를 라디오 부스 안으로 이끌었다.
 "신현우."

라디오 부스로 들어가기 전 이정철이 신현우를 붙잡았다.

"왜, 형?"

"우리 첫 무대도 라디오였다."

"알고 있어."

"잘해라. 나는 실망시켰어도 김현우 대표님만큼은 절대 실망시키지 마라. 알았냐?"

신현우가 대답 대신 이정철의 어깨를 잡았다. 마지막으로 현우와 신현우의 시선이 허공에서 마주쳤다. 짧은 순간이었지만 많은 감정이 교차했다.

마침내 신현우가 라디오 부스 안으로 들어갔다. 보이는 라디오를 시청하던 청취자들이 소란스러워졌다.

─누구? 저분 누구지?

─헐! 누구신데 저렇게 잘생김?

─배우인가? 뭐지?

─락커 같은데요? 옷차림도 그렇고, 기타도 메고 있고.

─뭐야? 누구야?!

─누구지? 우리나라에 저런 가수가 있었나?

─라디오 스타라는데요?

─아까 신현우라는 가수 언급하시지 않았나? 그 사람인가 본데?

―신현우다! 기억나네요! 신현우가 아직 노래를 부르고 있었 구나! 와!

―신현우가 누군데요? 아재?

―있어요. 예전에 인기 엄청 많았는데 소리소문 없이 갑자기 사라진 락커예요.

―ㅇㅇ맞아요. 기억나네. 중학교 다닐 때 노래 많이 들었어요.

―저도 기억나요! 그러고 보니까 그때 라디오에서 'Sad Cry' 엄청 많이 들었어요. 독서실에서 워크맨으로 들으려고 테이프도 샀 었는데.

의견이 분분한 가운데 신현우가 배철수의 옆으로 앉았다. 배철수가 그런 신현우를 한번 슥 쳐다본 다음 멘트를 이어갔 다.

"자, 90년대 라디오 스타 신현우 씨를 모셨습니다. 안녕하세 요, 신현우 씨?"

"불러주셔서 정말 감사합니다, 선배님. 그리고 청취자 여러 분께도 인사드립니다. 신현우입니다."

깊은 중저음의 목소리와 조각 락커의 매력에 청취자들은 난리가 났다. 그리고 조금씩 청취자 숫자가 늘고 있었다.

"신현우 씨를 제가 라디오 스타라고 소개를 했는데, 어떻습 니까?"

"리디오 스다라……. 부끄러운 수식어가 아닌가 싶습니다. 활동을 그리 오래 하지 못했으니까요."

"그랬습니다. 개인적으로 참 안타까운 일이기도 했습니다. 신현우 씨는 1집 정규 앨범 한 장을 남기고 사라졌습니다."

채팅 창으로 신현우를 기억한다고, 또 짧은 활동이 정말 아쉬웠다는 글이 올라왔다. 신현우도 그 채팅을 보며 많은 생각에 잠겼다.

아직도 자신을 기억해 주는 사람들이 있다는 게 고마웠다.

"공백기가 10년이 조금 넘었죠, 신현우 씨?"

"그렇습니다. 세월이 정말 빠르네요."

신현우는 회한에 젖었다. 화려하던 그 시절은 흘러가고 어느덧 자신은 40살이 되어 있었다.

그 시절이었으면 아무 생각 없이 이 라디오 부스 안에 앉아 있었겠지만 이제는 달랐다. 나이가 들수록 세월의 무게가 무겁게만 느껴졌다.

"1999년의 신현우는 불꽃같던 남자였습니다. 제 기억으로는 그렇습니다. 하지만 40살의 신현우는 그때와는 많이 다른 분위기가 풍깁니다. 와인처럼 숙성되었다고나 할까요?"

"감사합니다, 선배님."

"하하, 확실히 깊이가 있어졌어요. 신현우 씨, 질문이 올라왔습니다. 오랜 공백 기간 동안 무엇을 하며 사셨나요? 노래를 계속하셨나요? 이런 질문입니다. 대답할 수 있겠습니까, 신현우 씨?"

신현우가 고개를 끄덕였다. 더 이상 자존심만 세우던 예전의 신현우가 아니었다.

"1집 앨범 활동을 종료하고 소속사였던 기획사가 문을 닫았습니다. 계약 문제로 기획사 사장이 떠넘긴 빚을 갚으며 살았습니다. 노래도 한동안 떠나 있었습니다."

신현우의 고백에 채팅창으로 지진이 일었다.

노래를 버리고 생계를 위해서 일을 해야 했다는 신현우의 고백에 채팅창이 술렁였다.

―와인 같은 남자한테 저런 사연이. ㅠㅠ

―미친! 그래서 1집만 내고 사라진 거였음? 어이없네.

―90년대는 기획사들이 개판이었어요. 조폭이나 사채업자 같은 인간들이 기획사 많이 차리기도 했고, 노예 계약서로 사기도 쳐서 한 푼도 못 번 분들도 계십니다. 와아, 근데 신현우도 당한 거였구나.

―헬조선 진짜; 그때나 지금이나. 에휴!

―그럼 그동안 빚만 갚았던 거야? 인생이 이렇게 꼬일 수도 있구나.

―지금 데뷔했으면 얼굴로 가요계 씹어 먹을 수도 있는 건데;

역시 사람은 때를 잘 타고나야 하는 것 같다.

―신현우 씨가 라디오 스타 맞네요. 영화 속 최곤이랑 상황이 너무 비슷해.

―아니죠. 최곤은 자기가 스스로 깽판을 친 거;

―하, 라디오 스타다. 진짜 ㅜㅜ 힘내세요!

수많은 글이 올라오고 있었다. 신현우는 채팅들을 읽고 있었다.

"그렇습니다. 사실 저도 얼마 전에 신현우 씨를 만나서 그동안의 일을 듣게 되었습니다. 참 젊은 친구가 많은 일을 겪었더군요. 낮에는 두 딸을 돌보고 밤부터 새벽까지 일을 했다고 들었습니다. 무슨 일이었습니까?"

"동대문에서 의류와 원단을 날랐습니다. 차마 노래로 돈을 벌고 싶지는 않았습니다."

채팅창으로 역시 락커라며 댓글들이 올라왔다. 몇몇 그런 글을 보며 신현우는 입이 썼다. 역시 락커가 아니었다. 락커이기 전에 두 딸의 아버지였고, 한때는 한 여자의 남편이었다.

결국 신현우가 다시 입을 열었다.

"하지만 돌이켜 생각해 보면 저는 저밖에 모르는 놈이었습니다. 락커라는 자존심 아래 떠나 버린 아내와 두 딸을 고생시켰으니까요."

"음."

배철수가 조용히 신현우의 이야기를 듣고 있었다. 채팅창도 분위기가 숙연해졌다.

"그럼 신현우 씨, 다시 가요계로 복귀하시는 겁니까?"

"네. 그럴 예정입니다. 아마 앨범도 내고 방송 활동도 다시 할 것 같습니다."

채팅창으로 또 잘됐다며 응원의 글들이 올라왔다.

"으음, 사실 이 이야기를 청취자 여러분에게 전해 드려야 하나 말아야 하나 고민을 많이 했습니다. 하지만 신현우 씨는 라디오 스타 아닙니까? 이곳에서만큼은 솔직하게 청취자 여러분과 소통합시다. 어떻습니까?"

"네. 저도 그게 더 마음이 편합니다."

"그럼 광고 듣고 오겠습니다."

광고가 나가는 사이 배철수가 신현우의 어깨를 짚었다.

"현우야, 괜찮겠어?"

배철수는 걱정을 했다. 라디오이고 방송이었다. 수많은 청취자 앞에서 본인의 이야기를 꺼내는 건 결코 쉬운 일이 아니었다. 하지만 신현우는 두렵지 않았다. 아버지 같은 김형식 사장의 얼굴이 떠올랐다. 또한 김현우 대표가 준 기회였다. 그리고 두 딸 앞에서 당당하고 든든한 아빠가 될 수 있는 마지막 기회이기도 했다.

"괜찮습니다. 아뇨, 무조건 해야 합니다, 선배님."

그사이 광고가 끝났다.

"사실 저는 신현우 씨와 카페에서 만나 많은 이야기를 주고 받았습니다. 청취자 여러분, 신현우 씨가 긴 머리카락을 짧게 자른 이유를 아십니까?"

채팅창으로 많은 추측성 이야기가 올라왔다. 배철수가 신현우를 쳐다보며 물었다.

"락커의 상징인 긴 머리카락을 자른 이유가 뭡니까?"

"밤무대에 서기 위해서 잘랐습니다."

신현우는 담담했다.

—락커가 밤무대?

—결국은 락커도 돈의 노예가 되었구나.

—으음, 좀 그러네요.

—결혼도 했으니 아이들 키우려면 돈이죠, 뭐;

—살짝 실망;

—여러분도 부모가 되어보세요. 그럼 이해할 거임.

—그래도 락커인데 밤무대는 좀 그렇죠.

—그렇긴 하네.

"역시 반응이 그렇게 좋지는 않습니다. 하하!"

배철수가 너털웃음을 흘렸다. 신현우도 채팅창을 보고 있었다. 그리고 어느 정도는 예상을 했다. 대중들은 락커에게 가지고 있는 일종의 특별한 기대라는 것이 있었다. 당장 굶어 죽어도 락커는 락커여야 한다는 생각들을 가지고 있었다. 물론 한때는 신현우 본인이 그 누구보다도 더 그런 신념을 가지고 있었다.

"정철이 형과 포장마차에서 술을 마시고 있었습니다. 그런데 학교에서 막내딸이 쓰러졌다는 연락이 오더군요. 병원으로 달려가는 내내 저는 정말 많이 후회했습니다. 대체 락커가 뭐라고, 그 자존심이 뭐라고 내가 내 새끼들을 고생시켰나 하는 생각이 들었습니다. 병원에 누워 있는 딸을 보는데 그동안 제가 얼마나 이기적이었는지를 깨달았습니다. 그래서 무작정 기획사를 찾아갔습니다."

"그곳에서 김형식 사장이라는 분을 만났고 말입니다."

"예. 첫날부터 저는 사고를 쳤습니다. 앞뒤 안 가리고 주먹다짐을 했죠. 밤무대에서도 저는 기회를 스스로 놓치고 만 겁니다. 각오도 하고 있었죠. 그런데 김형식 사장님과 남훈 선배님이 제게 그러셨습니다."

"뭐라고 하셨습니까?"

"조금 더 내려놓으라고, 락커이기 전에 한 가정의 가장이자 아버지라고 말입니다."

배철수가 고개를 끄덕거렸다. 이 세상에 아버지보다 앞설 수 있는 직업은 존재하지 않았다. 적어도 배철수가 생각하기에는 그랬다.

"그리고 제게 이렇게 말씀해 주셨습니다. 삼류 기획사, 삼류 가수라고 해서 그 사람의 인생까지 삼류는 아니라고 말입니다. 그 누구도 타인의 인생을 정죄할 수는 없다고 말입니다."

채팅창이 숙연해졌다. 자신들도 방금 전까지만 해도 밤무대라는 곳을 비하하고 있었다. 그런데 몇몇 청취자들이 의문을 제기하기 시작했다.

—이 말, 어디서 들어본 말 아닌가요?

—맞아요. 어디서 들었지?

—김현우 대표가 한 말 아님? 기사에서 본 듯.

—어울림 대표님이요?

—네, 그분. 그렇게 말한 것 같은데.

—헐! 그걸 기억하시는 분이 있네! 맞습니다! 김현우 대표가 한 말이에요!

—잠깐, 저 울림이인데 김현우 대표님 아버님 성함이 김형식 씨인데?

—?????????????????

—설마?

—에이, 설마요? ㅋㅋ

　—남훈도 무형에 송지유랑 잠깐 나온 적 있는데?

　—아씨, 소름 돋게들 하네. 진짜 이거 뭐지?

　—김형식 사장님 아직 밤무대 기획사 운영하시는 걸로 알고 있음.

　—와아, 뭐지? 이거 영화임?

　—진짠가??

　채팅창으로 혼란에 빠진 청취자들의 글이 끝없이 올라오고 있었다.

　신현우의 발언은 청취자들을 혼란에 빠지게 만들기에 충분했다.

　신현우 역시 채팅 글을 보며 살짝 웃고 있었다. 배철수가 숨을 고른 다음 채팅창을 들여다보며 입을 열었다.

　"그렇습니다, 여러분. 신현우 씨가 다시 활동할 수 있도록 뒤에서 어울림 엔터테인먼트의 김현우 대표님이 열심히 돕고 계십니다. 그렇죠, 신현우 씨?"

　"네. 어쩌다 보니 제게 마지막 기회가 온 것 같습니다. 절 아들처럼 생각해 주신 김형식 사장님의 아들분 회사에 들어가게 되었습니다."

—와! 뭐야?! 아니 뭐냐고?! 뭐야? 뭐야?

—어울림 엔터테인먼트 소속이라고? 신현우가?

—미쳤다! 김현우 대표? 그 김현우 대표?

—아니, 그렇다고 하잖아요. 와, 나!

—아까 어느 분이 영화라고 그러셨는데 이거 영화다, 영화!

—영화 같은 일이 현실에서 벌어졌어. 와!

—라디오 스타 최곤, 그리고 라디오 스타 신현우.

—눈물 난다. 시바. ㅠㅠ

—어울림 클라스; 김현우 대표 클라스;

—오늘 방송 레전드 아닌가?

—라디오 역사에 남을 방송이네요. 여러분, 우린 레전드로 기억될 방송에 함께하고 있습니다! 다들 빨리 지인분들 있으면 연락해서 라디오 들으라고 하세요!

난리가 났다. 막내 작가가 눈물을 훔치고 노트북을 들여다보았다. 포털 사이트로 조금씩 신현우, 그리고 배철수의 음악캠프라는 단어들이 실시간 인기 검색어 하단으로 올라오고 있었다.

"그럼 청취자 여러분이 궁금해하시는 김현우 대표님을 모셔보겠습니다."

라디오 부스로 현우가 등장했다. 채팅창이 폭발했다. 주요 커뮤니티에도 하나둘 라디오 링크를 비롯한 많은 글이 올라오기 시작했다.

"안녕하세요. 어울림 엔터테인먼트 대표 김현우입니다. 청취자 여러분, 반갑습니다."

현우가 청취자들을 향해 고개를 숙여 보이며 인사했다.

— 　 식이다!!

—떴다! 김현우! 미친! ㅋㅋㅋㅋㅋ

—와, 진짜였어! ㅋㅋㅋ

—이런 기획력 실화? ㅋㅋㅋㅋ

—김현우? 신현우? 이거 라임 맞춘 거? ㅎㅎ

—그가 왔다! 킹! 갓! 제너럴! 김현우!

—진짜네? 진짜로 김현우다! 뭐야? ㅋㅋ

—대표님! 사랑합니다! 사랑합니다! 날 가져요!

"남자분을 가지기는 좀 그렇습니다. 죄송합니다."

현우가 피식 웃으며 어느 청취자의 채팅에 답변을 해주었다.

"김현우 대표님, 신현우 씨랑은 정말 기가 막힌 인연 아닙니까?"

배철수가 말을 걸었다. 그 역시 아직까지도 현우와 신현우

간의 인연이 신기했다.

"하하, 그렇죠. 사실 더 기가 막힌 건 저도 그렇고 신현우 형님도 배철수 선생님의 라디오를 같은 날, 같은 시간에 들었다는 거죠."

현우의 발언에 채팅창이 또 난리가 났다.

"그렇죠. 저도 두 분께 그 이야기를 들었을 때는 믿기지가 않았습니다."

배철수가 고개를 끄덕거렸다. 그리고 또 질문을 꺼냈다.

"어떻게 신현우 씨를 회사로 영입할 생각을 하신 겁니까?"

"음, 지금 생각해 봐도 저 역시 놀랍습니다. 아버지 기획사에서 신현우 형님이 노래를 부르고 계신다는 걸 저는 전혀 몰랐거든요. 정말 우연이었습니다. 하필 어머니께서 신현우 형님의 따님을 돌보고 계셨어요."

"그럼 김현우 대표님은 집에서 신현우 씨의 딸을 먼저 만났군요?"

"그렇습니다."

현우는 신지혜와의 첫 만남을 떠올리며 말을 이어갔다.

"지혜를 보고 기획사 대표로서 영감을 얻었습니다. 연습생으로 데려갈 생각을 내심 하고 있었죠. 또 지혜도 저녁을 먹는 내내 저를 잘 챙겨주더군요. 그때만 해도 지혜가 연예인에 관심이 있는 줄 알았습니다. 그래서 지혜 부모님의 허락을 받으려는 생각이었는데, 마침 신현우 형님이 아버지와 함께 집으로 들어오시더군요. 그리고 그때 지혜가 저에게 자기는 연예인 안 해도 되니까 아빠를 도와달라고 부탁했습니다."

"신현우 씨의 큰딸 지혜 양이 열한 살이라고 들었는데요?"

배철수가 물었다. 현우가 고개를 끄덕였다.

"올해 초등학교 4학년입니다."

"허허, 이거 참."

배철수가 더 이상 말을 잇지 못했다. 신현우의 눈동자도 붉어졌다. 아직도 절박하던 딸아이의 표정이 생생했다.

ㅡ영화 스토리네. 와아!

ㅡ딸이 아빠를 살린 거였어.

ㅡ효녀다, 효녀.

ㅡ아, 그 어린 것이 얼마나 많은 생각을 했을까? ㅠㅠ

ㅡ열한 살에 벌써 그렇게 아빠를 생각했어.

ㅡ영화 라디오 스타보다 더 영화 같다.

ㅡ그러네요. 영화보다 더 영화 같은 현실.

ㅡ자꾸 눈물 나온다.

채팅창이 숙연해졌다. 감정을 추스른 배철수가 진행을 이어갔다.

"여러분, 정말 영화보다 더 영화 같은 일이 현실에서 벌어졌습니다. 그렇지 않습니까? 네, 그리고 이다연 씨가 코멘트를 남기셨습니다. 우웃빛깔 신현우 선배님 파이팅! 김현우 대표님 파이팅이라고 말입니다. 음? 혹시 엘시 양이 보내신 건가요?"

라디오 부스 밖에서 제작진이 그렇다고 고개를 끄덕여 왔다.

"아, 예! 그렇답니다. 방금 전 우리 후배 가수 엘시 양이 응원의 메시지를 전해왔습니다. 음? 또 왔습니다. 송지유 씨의 코멘트입니다. 불꽃 락커, 조각 미남 신현우 선배님 응원합니다! 김태식 씨도 힘내세요! 라고 보내주셨는데, 송지유 양입니다, 여러분! 하하!"

배철수도 기뻐했다. 현우도 피식 웃어버렸다. 엘시와 송지유가 오랜만에 복귀하는 선배 가수 신현우를 위해 문자 메시지까지 보내왔다.

'태명이 녀석, 일 잘하네.'

필시 손태명의 작품일 것이라는 생각이 들었다.

그리고 채팅창도 환호로 물들었다.

─엘시! ㄸㄸㄸㄸㄸ

─송지유까지? 와! ㅋㅋ

─어울림에서 지원 확실히 해주네! ㅋㅋ

─오늘 라디오 놓친 사람들은 평생의 한이다, 진짜! ㅋㅋㅋ

—김태식. ㅋㅋㅋ

—ㅋㅋㅋ 송지유의 기습 공격! ㅋ

그사이 제작진이 급히 배철수를 향해 스케치북을 들어 보였다. 이정철이 작가들에게 핸드폰을 보여주고 있었다.

막내 작가가 황급히 스케치북으로 무언가를 써내려갔다.

"또 메시지가 왔습니다. 신현우 씨의 매니저이던 이정철 씨가 급히 문자로 메시지를 전하고 있습니다. 자, 그럼 읽어보겠습니다. 아빠, 사랑해요. 아빠, 존경해요. 아빠, 힘내세요. 언제나 아빠가 가장 자랑스러워요. 지혜, 지선 양이 함께 보내주셨습니다."

신현우는 질끈 두 눈을 감았다. 주먹을 꽉 쥐었지만 소용이 없었다. 결국 락커의 눈동자에서 조금씩 눈물이 흘러내렸다.

"신현우 씨가 딸들의 메시지에 조금 감정이 격해진 것 같습니다. 조금 시간을 줄까요? 어떻습니까, 청취자 여러분? 그럼 광고 듣고 오겠습니다."

신현우의 넓은 어깨가 들썩였다. 현우도 배철수도 감히 말을 걸 수가 없었다. 애써 울음을 참던 신현우가 기타 케이스에서 기타를 꺼내 들었다.

"형님."

현우가 조용히 그런 그를 불렀다. 아직 신현우의 감정이 격해 보였다. 신현우가 붉어진 눈동자로 현우를 쳐다보았다.

"괜찮습니다. 어떻게 얻은 기회인데요. 절대 놓치지 않습니다, 대표님. 저 노래 부를 수 있습니다."

신현우는 간절했다. 많은 사람들 앞에서 노래를 부른 것이 언제인지 기억이 가물가물할 정도로 세월이 흘러 있었다. 그리고 신현우도 알고 있었다. 오늘 이 라디오에서 부르는 노래가 어쩌면 마지막 기회가 될 수도 있다는 것을 말이다.

신현우가 감정을 억눌렀다. 현우도 신현우의 심정을 헤아릴 수 있었기에 그저 고개를 끄덕거리기만 했다.

그사이 제작진이 급히 무대를 준비했다. 신현우가 전자 기타를 목에 멨다.

"많이 기다리셨습니다. 이거 사실 노래를 들어야 하는데 이야기가 너무 길어졌습니다. 하하! 그럼 노래 들려 드리겠습니다. 영화 라디오 스타의 주제곡으로 많은 사랑을 받았던 노래입니다. 신현우가 부릅니다. 비와 당신."

누구나 알 법한 익숙한 전주가 흘러나왔다. 채팅창으로 댓글이 마구 올라오기 시작했다.

─배철수 샘, 선곡 지리네요. 영화 라디오 스타의 비와 당신이라니.

─비와 당신, 오랜만에 듣네요. 신현우 형님이 불러주시는 비

와 당신 기대됩니다. 진짜 라디오 스타니까요.

　─비와 당신, 명곡이지.

　─신현우와 비와 당신이라… 괜히 눈물 나네. ㅠㅠ

　─기대된다. 오늘 여러모로 레전드 방송임

　신현우도 채팅 글을 바라보고 있었다.

　얼굴도 모르는 청취자들이었지만 진심이 느껴졌다. 붉어진 눈동자로 신현우가 기타를 연주하기 시작했다.

　강렬하면서도 서글픈 전자 기타 소리가 청취자들의 귓속으로 울려 퍼졌다.

　우수에 젖은 락커의 모습에 청취자들이 점점 빠져들기 시작했다. 기타를 연주하던 신현우가 천천히 입술을 떼었다.

　거칠고 깊은 목소리가 라디오 부스 안을 잠식해 나갔다. 현우는 팔짱을 끼고 두 눈도 감은 채 그의 노래에 귀를 기울였다.

　전성기 때의 신현우가 날카롭고 사나운 샤우팅으로 유명했다면 지금의 신현우는 거칠지만 깊은 감성이 담긴 목소리를 토해내고 있었다. 영혼을 울리는 그런 목소리였다.

＊　　　＊　　　＊

"아빠 노래다!"

병원 침대에 힘없이 누워 있던 신지선이 환하게 웃었다. 신현우의 목소리가 병실로 울려 퍼졌다.

"언니, 우리 아빠 TV에 나온 거지? 그렇지?"

"라디오야, 바보야."

신지혜가 동생의 얼굴을 쓰다듬으며 말했다. 병실에는 어울림의 식구들도 여럿 보였다. 라디오로 메시지를 보낸 엘시와 송지유가 조용히 노래에 귀를 기울이고 있었다.

"지유야, 노래 좋다~ 그렇지?"

"네, 노래 좋네요."

신현우는 신현우였다. 송지유와 엘시 같은 후배 가수들이 듣기에 신현우의 목소리에는 세월의 무게가 고스란히 담겨 있었다. 잘 제련된 쇠를 긁는 것 같은 락커의 깊은 음색이 심금을 울렸다. 송지유와 엘시도 어느새 조용히 두 눈을 감고 노래에 귀를 기울였다.

＊　　　　＊　　　　＊

노래는 절정에 이르렀다. 현우의 우려와 달리 신현우는 전성기 시절보다 더 완숙한 음색을 뿜어냈다.

신현우가 스탠딩 마이크를 부여잡고 깊은 하울링을 토해내었다. 그 거칠고 애절한 음색에 현우는 물론이고 대선배인 배철수마저 숙연한 얼굴을 했다.

눈물이 날까

신현우가 혼신의 힘을 다해 고음을 토해내었다. 라디오 부스 안은 락커의 깊고 거친 목소리로 가득했다. 모든 감정을 토해낸 신현우가 마이크에서 손을 떼고 기타 연주를 했다.

붉어진 눈동자와 우수에 젖은 그 모습에 현우는 눈을 떼지 못했다. 아니, 빠져들었다.

그리고 40살의 락커 신현우의 목소리는 라디오를 타고 대한민국 곳곳으로 퍼져 나갔다.

*   *   *

불이 다 꺼져 있는 병실. 신현우는 물끄러미 곤히 잠들어 있는 두 딸을 내려다보고 있었다. 신현우는 그 어느 때보다도 후련한 표정을 하고 있었다.

오늘 라디오에서 신현우는 흘러간 세월 동안 쌓아놓은 모든 감정을 노래로 토해내었다. 가슴 한쪽이 뻥 뚫린 것 같이 시원했다.

편안하게 자고 있는 두 딸의 얼굴도 이제는 떳떳하게 쳐다 볼 수 있었다. 신현우는 딸들의 이마에 입술을 가져다 대었 다.

"…아빠?"

"쉿. 지선이 깬다."

신지혜가 신현우의 목에 팔을 걸며 안겨왔다. 신현우는 조 심조심 신지혜를 안아 들었다.

"아빠, 오늘 왜 이렇게 멋있어?"

"아빠가 진짜 멋있어?"

"응. 아빠보다 잘생긴 남자는 본 적 없어! 최고야!"

신현우가 픽 웃었다. 병실 문에서 두 부녀를 지켜보던 현우 와 이정철도 조용히 웃었다.

"지선이 아버님, 고생하셨어요. 저희들도 라디오로 다 들었 어요. 노래 정말 잘하시던데요? 그렇지, 지혜야?"

"응!"

마침 병실을 찾은 간호사도 신현우를 응원했다. 신현우가 꾸벅 고개를 숙였다.

"감사합니다. 간호사 선생님들이 챙겨주셔서 편안하게 잘 다녀왔습니다."

"호호, 걱정 마세요. 이제 스케줄도 많이 생기는 거예요? 방 송도 더 나가시는 거죠?"

간호사가 물어왔다. 신현우가 현우를 쳐다보았다. 기획사 대표인 현우가 최종 결정권자였다. 간호사가 신현우의 시선을 따라가다가 현우를 발견하곤 깜짝 놀랐다.

"김현우 대표님도 오셨어요?"

"아, 예. 어쨌든 대표도 매니저는 매니저니까요. 그리고 조금 전에 질문하셨죠? 확답은 드리지 못하지만 스케줄도 생길 거고 어쩌면 방송에도 나가실 겁니다. 그때도 지선이랑 지혜를 잘 부탁드리겠습니다."

"그럼요! 저희들한테 맡겨주세요. 아까 송지유 씨랑 엘시 씨도 다녀가셨어요. 아시죠?"

"네, 압니다. 지유랑 다연 씨도, 또 저희 어울림 식구들도 종종 병원을 찾을 겁니다. 너무 걱정은 하지 마세요."

"걱정은요. 빨리 지선이 아버님이 잘되셔야죠."

"그렇긴 하네요."

현우가 빙그레 웃었다. 신현우는 그런 현우를 보며 많은 생각을 했다. 정말이지, 따듯하고 올바른 청년이라는 생각이 들었다. 거칠던 스물여섯 살 때의 자신과는 여러모로 달랐다. 그래서 현우에게 더 끌리기도 했다.

"아빠, 나 졸려. 또 잘래."

"그래, 자야지, 우리 딸."

"밥은 먹었어?"

"아니, 아직."

"그럼 안 되지. 든든히 먹어야 노래 많이 부르지. 빨리 대표님이랑 맛있는 거 먹고 와. 지선이 데리고 내가 잘 있을게."

신지혜가 현우를 쳐다보았다. 어서 아빠를 든든히 먹이라는 무언의 시선이었다. 현우가 피식 웃으며 고개를 끄덕였다.

"형님, 출출한데 식사 같이하시죠."

"그래, 현우야. 소소하게나마 뒤풀이는 해야지. 김현우 대표님, 피곤하실 텐데 감사합니다."

"제가 피곤할 게 뭐 있나요? 노래는 형님이 부르셨는데요. 식사하러 가시죠."

"그래요. 가죠. 지혜야, 아빠 다녀올게."

"응."

신지혜가 신현우의 귀를 잡아당겼다. 그리고 귀에다 대고 속삭였다.

"대표님 돈 많으니까 비싼 거 먹고 와. 알았지?"

"그래."

신현우가 신지혜를 침대로 눕혔다. 그리고 이불을 덮어주었다.

"가시죠, 두 분. 비싼 거 사드리겠습니다."

"들으셨습니까?"

"지혜가 저 들으라고 이야기한 것 같던데요? 모르셨어요?"

현우가 씩 웃으며 말했다.

*   *   *

병원 근처 숯불 장어 가게에서 소소하게나마 뒤풀이가 펼쳐졌다. 나이로 보면 가장 막내인지라 현우는 열심히 장어를 구웠다. 노릇노릇 장어가 익어갔다.

"한잔할까요?"

현우가 먼저 건배를 제의했다.

"좋습니다. 이런 날에는 한잔해야죠."

"신현우 형님의 성공적인 재기를 위하여!"

현우가 건배사를 외쳤고, 세 남자가 건배를 한 다음 단번에 소주잔을 비웠다. 텅 비어 있는 소주잔을 신현우가 멍하니 쳐다보았다.

"어떠냐? 오늘은 소주 맛이 다르지? 소주잔도 다르게 보이고. 현우야, 이제 네 잔이 비어 있는 날은 없을 거다. 형이 장담할게. 그렇지 않습니까, 대표님?"

"그렇죠. 이렇게 제가 채워 드리면 되니까요."

현우가 넘칠 듯 소주잔에 술을 채웠다. 신현우가 픽 웃었다. 그리고 길게 숨을 내뱉었다. 선선한 밤공기와 고즈넉한 주변 풍경까지. 웃지 않을 이유가 없었다.

"너 요즘 자주 웃는다? 맨날 소태 씹은 표정이더니. 신현우가 돌아왔구나?"

"형, 돌아오긴 뭘 돌아와?"

"이거 봐. 웃고 있잖아. 편안한 얼굴로."

"그래, 편안하다. 아무 걱정 없어. 지선이도 금방 나을 거야. 내가 낫게 할 거야."

"당연히 그래야죠. 저도 옆에서 돕겠습니다, 형님."

"감사합니다, 김현우 대표님!"

갑자기 이정철이 벌떡 일어나 한참 어린 현우를 향해 고개를 꾸벅 숙여 보였다. 현우가 놀란 눈으로 얼른 일어났다.

"선배님, 이러시면 제가 곤란합니다."

"아이고, 제발 그 선배님이란 말 좀 하지 마세요. 대표님, 제가 왜 선배입니까?"

이정철은 현우의 호칭이 고마웠지만 불편한 면이 더 컸다.

"연예계 선배시잖아요. 저도 매니저 출신입니다. 그러니 당연히 선배님이죠."

"……."

이정철이 차마 말을 잇지 못했다. 대우를 바라는 건 아니었지만 젊은 대표의 마음 씀씀이가 고마웠다.

"인생지사 새옹지마라더니 그 말이 딱 맞네요. 우리 신현우 이 녀석한테 이런 좋은 날도 오고 말입니다. 부럽다, 신현우."

"부럽기는, 내가 대표님한테 갚아야 할 은혜가 얼마나 큰지 알아, 형?"

"딱 말할게. 너 평생 갚아도 다 못 갚을 거다."

"형, 그건 아니야. 나 신현우야, 신현우."

"이젠 기도 살았냐?"

"왜? 언제는 이런 내가 그립다며?"

"그랬냐?"

"하하하!"

현우가 두 사람을 보며 크게 웃었다. 끈끈한 믿음과 우정으로 묶인 두 사람이 보기 참 좋았다. 그리고 부러웠다.

"사실 농담입니다, 대표님. 지금으로도 저는 충분합니다. 더 큰 욕심은 없습니다."

신현우가 소주잔을 비워내며 말했다. 더 이상의 욕심은 없었다. 젊은 대표는 1위 자리에 올려놓겠다며 장담하고 있었지만 신현우는 스스로를 알고 있었다. 신현우는 신현우였다. 사람들의 추억 속에나 존재하는 그런 흘러간 락커였다. 지금은 후배 가수 송지유나 엘시 같은 젊은 가수들의 시대였다.

그래서 신현우는 애초에 스스로에게 큰 기대를 하지 않고 있었다. 다만 걸리는 건 딸들과 김형식 사장, 그리고 김현우 대표에게 갚아야 할 빚이었다. 그 빚만큼은 꼭 갚을 생각이다.

이정철도 소주잔을 비워내며 입을 열었다.

"그래, 현우야, 잘 생각했다. 우리 나이에 이렇게 큰 라디오 방송에 출연했다는 것 자체가 대단한 거야. 너는 지혜나 잘 키워. 김현우 대표님이 키워주신다는데 넌 인생 핀 거야, 인마."

"그렇지, 형."

신현우가 고개를 끄덕거렸다.

"아뇨. 저는 생각이 다릅니다."

신현우와 이정철이 동시에 현우를 쳐다보았다. 현우 역시 소주잔을 비워내었다. 그리고 다시 입을 열었다.

"저희 어울림에서 신현우 형님을 놓고 계획한 프로젝트의 이름이 뭔지 아십니까?"

신현우나 이정철이 알 리가 없었다.

"Rock star never die. 락 스타는 결코 죽지 않는다."

"……!"

현우의 말이 신현우의 가슴으로 날아와 박혔다.

"앨범 제작 할 겁니다. 그래서 세상 사람들을 깜짝 놀라게 해줄 겁니다. 신현우! 아직 죽지 않았다! 그리고 김현우도 죽지 않는다는 걸 보여줄 생각입니다."

현우는 그 어느 때보다도 단호하게 말했다. 현우가 보기에 신현우는 가능성이 있었다. 오히려 천편일률적인 요즘 같은 시대에 신현우 같은 락커가 재조명될 확률도 높았다.

그런데 별안간 이정철이 굵은 눈물을 뚝뚝 흘리기 시작했다. 현우도, 신현우도 마흔네 살이나 된 중년 사내의 눈물이 꽤나 당황스러웠다.

"혀, 형, 갑자기 왜 울어?"

"야, 신현우. 남자는 울면 안 되냐? 아빠는 울면 안 되냐? 너도 라디오에서 울었잖아. 왜 나는 울면 안 되는 건데?"

신현우도 현우도 할 말이 없었다.

"허허, 이미 한잔들 마시고 있었군그래."

세 사람이 동시에 고개를 돌렸다. 김형식 사장이었다.

"오셨어요? 생각보다 일찍 오셨는데요?"

"사장님!"

신현우가 얼른 자리에서 일어나 김형식을 반겼다. 어째 아들인 현우보다 더했다. 김형식이 신현우의 어깨를 두들겼다.

"잘했다. 정말 잘했어. 최고의 무대였다."

"전부 사장님 덕분입니다."

신현우의 눈동자가 또 붉어졌다.

"현우야, 나도 한 잔 줘라."

"오늘 스케줄은요?"

"예, 사장님."

현우와 신현우가 동시에 대답했다. 김형식이 허허 웃었다.

"이거 현우가 두 명이니까 아들도 두 명인 것 같군."

아버지 김형식의 말에 현우가 피식 웃었다. 신현우의 입꼬리도 살짝 올라가 있었다.

*　　　*　　　*

"으으."

병원 창문으로 새어들어 오는 햇살에 신현우가 눈을 찌푸리며 잠에서 깨어났다. 깨자마자 보이는 건 딸들의 얼굴이었다.

"아빠, 깼어?"

"응, 지선아."

"아빠, 뭔 술을 그렇게 마셨어? 내가 비싼 거 먹고 오랬지, 언제 그렇게 술 퍼마시고 오라고 했어? 응?"

"미안, 지혜야. 어제는 정말 너무 기분이 좋아서 좀 마셨어."

"그래도!"

"미안해."

큰딸의 잔소리에 신현우가 쓴웃음을 머금었다.

그런데 뭔가 분위기가 이상했다. 병실 입구로 환자와 보호자들이 잔뜩 몰려와 있었다.

'뭐지?'

신현우는 주변을 둘러보았다. 어울림 소속의 식구들이 있는 것도 아닌데 왜 이렇게 많은 사람들이 몰려와 있는지 이해가 되지 않았다.

＊　　　＊　　　＊

['배철수의 음악캠프' 신현우 출연!]

[불꽃 락커 신현우, 그는 누구인가?]

[신현우와 김현우?! 대중들은 벌써부터 열광!]

[어울림 엔터테인먼트, 또 일내나?]

[라디오 스타 신현우. 김현우 대표와 함께 복귀?!]

[더블 현우 콜라보, '배철수의 음악캠프' 최고 청취율 기록!]

포털 사이트가 온통 신현우와 어울림 엔터테인먼트, 그리고 현우와 관련된 기사로 가득했다. 주요 커뮤니티에서도 신현우에 대한 글이 넘쳐났다.

TV 프로도 아니고 라디오 프로그램이었다. 20년이 넘는 역사를 가지고 있는 '배철수의 음악캠프'이기는 했지만 요즘 시대는 라디오가 각광받는 그런 시대가 아니었다. 이렇듯 라디오를 청취한 사람보다 듣지 못한 이들이 훨씬 많았지만 관건은 '파급력'이었다.

'배철수의 음악캠프'를 청취한 청취자들이 주요 커뮤니티로 신현우의 사연을 실어 날랐고, 점점 그 이야기가 빠르게 퍼져 나갔다.

487321 배철수의 음악캠프 신현우 편 (눈물 주의)

1999년에 데뷔한 불꽃 락커 신현우를 기억하시는지요? 신현우는 'Sad Cry'란 락 발라드곡으로 큰 인기를 끈 락커였습니다. 당시에도 조각 같은 얼굴과 뛰어난 가창력으로 인기를 끌었죠. 1년도 채 활동하지 못하고 사라진 그런 가수이기도 합니다. 배철수의 음악캠프를 못 보신 분들은 어울림 엔터테인먼트에서 배포한 이 자료를 보시면 좋을 것 같습니다.

"음, 역시 잘 만들었네. 훌륭해."

신입 사원 이혜은이 보이는 라디오의 장면들을 포토샵으로 편집해서 만든 '배철수의 음악캠프' 신현우 편의 요약본이다. 제작진의 허락도 받았고 또 친절하게 자막도 들어가 있었다.

벌써 많은 사람들이 이 글을 읽은 상태였다. 그리고 무수히 많은 댓글이 달려 있었다.

—어울림이 일 잘하네요. 라디오 못 들은 사람들을 위해서 이

런 자료도 만들어주고. ㅎㅎ 감사합니다, 어울림 직원 여러분. ^^

  —역시 기획사 사기당했었네. 에휴. ㅉㅉ

  —생활고가 문제였구나. ㅠㅠ

  —그래도 대단하지 않음? 아내도 없이 혼자 딸들을 키우고.

  —영화 라디오 스타가 주제였는데 진짜 라디오 스타가 출연.

  —현실판 라디오 스타가 존재할 줄은 상상도 못 함. ㅋㅋ

  —사연이 구구절절, ㅠ 고생 많이 했을 듯.

  —저때 제대로 된 기획사만 만났으면 잘됐을 텐데. ㅜㅜ

  —김현우 대표 만났으면 된 거 아님? 거의 복권 당첨 수준. ㅋ

  —마흔 살이라는데 어째 더 멋있어;

  —ㄹㅇ 개 잘생김. ㅋㅋ

  —나보다 한 살 형인데 나는 왜? ㅠㅠ

  —큰딸이 효녀네요. 나도 결혼하고 싶다. ㅎㅎ

  —ㅇㅇ 딸 바보 저절로 될 것 같음. ㅋㅋ

  —몇 년 만에 눈물이. ㅠㅠ

  —버스에서 무심코 보다가 눈물 겨우 참음. 하아!

  —하아, 역대급 사건. 김태식, 진짜 넌 최고야.

  —상남자 김현우. 이러니 사람들이 좋아하지.

  —존경받는 기업인 2위 클래스.

현우는 턱을 괸 채로 천천히 댓글을 읽고 있었다. 반응이 좋았다. 아니, 반응을 떠나서 많은 대중들이 신현우의 영화 같은 사연에 공감해 주고 있었다. 확실히 그의 사연은 이 각박한 세상에서 흔한 일은 아니었다.

'떡밥은 훌륭하게 뿌려졌어.'

기대한 것 그 이상으로 파급력이 컸다. 조금 전 음악캠프 막내 작가에게 문자도 왔다. 보이는 라디오의 다시 보기 조회수가 치솟고 있다고 말이다.

신현우가 부른 영화 라디오 스타의 주제곡 '비와 당신'도 크게 주목받고 있었다. 어울림 WE TUBE 공식 채널에 올라온 신현우 버전 '비와 당신'의 조회 숫자도 어마어마했다.

─이 감성, 이 음색, 이 진심. 어쩔 거야? ㅠㅠ

─락 발라드의 진수. ㅠㅠ

─아저씨, 멋있어요!

─잘생겼다. 노래도 잘해. 하! ㅠㅠ

─락 발라드 전성기 다시 올 듯. ㅋ

─노래, 왜 이렇게 잘하지?

─이런 가수가 묻혀 있었다니;

─이게 진짜 노래고 가수지.

─고음 부분 미쳤다. 얼마 만에 듣는 진성 락커의 샤우팅이냐. ㅠㅠ

—신현우 뜰 듯. 장담함.

—어울림한테 상 주자.

많은 사람들이 신현우가 부른 '비와 당신'에 푹 빠져 있었다. 뒤로 가기를 눌렀는데 글 하나가 눈에 들어왔다.

'김현우 연대기?'

무슨 판타지 소설 같은 제목이었다. 글을 클릭하자 정말 연대기처럼 주요 기록이 주르륵 떴다.

201x년 x월 x일. 김현우 대표 어울림 기획 입사.

201x년 x월 x일. 송지유 데뷔, 싱글 앨범 종로의 봄 차트 올킬.

201x년 x월 x일. 어울림 기획에서 어울림 엔터테인먼트로 분리 독립.

201x년 x월 x일. 이솔, 김수정, 유지연, 배하나, 이지수 연습생 영입.

201x년 x월 x일. 송지유 정규 1집 앨범 차트 올킬, 공중파 3사 음악 방송 올킬, 음원 차트 최장 시간 1위 기록, 음원 다운로드 역대 최다 기록.

201x년 x월 x일. 무명 배우 서유희 영입.

201x년 x월 x일. 계약 파동 사건 후 걸즈파워 엘시 영입.

201x년 x월 x일. i2i 정식 데뷔, 공중파 음악 방송 걸즈파워의 9주

연속 1위 기록 깨고 11주 연속 1위 기록, 역대 최고 액수로 i2i 일본 진출 확정.

201x년 x월 x일. 송지유, 서유희 출연 '그그흔' 멜로 영화 최초 1,000만 기록 달성.

201x년 x월 x일. 엘시 리메이크 앨범 발매 태지보이스 열풍, 엘시 솔로 싱글 앨범 'Rain Spell' 음원 차트 올킬, 공중파 3사 음악 방송 올킬, k-pop 뮤직 비디오 역사상 2번째로 많은 조회 수 기록.

201x년 x월 x일. 40살의 아재 락커 신현우 영입, 배철수의 음악캠프 출연.

―와, 이게 1년 만에 이룬 성과임? ㅋㅋㅋ

―정확히 말하면 1년도 안 됐어요. ㄷㄷ

―S&H가 10년 동안 이룬 걸 어울림은 1년 안에 다 이룸.

―김태식 진짜 미친놈임.

―???: 어울림 엔터테인먼트 빼고 다 나가 있어!

―이번에는 밑지는 장사 아닌가? 40살 넘은 아재 락커라니; 차라리 보이 그룹 하나 키우지. i2i도 있겠다.

―김현우 대표 취향 특이하잖아요. 그냥 자기 하고 싶은 거 눈치 안 보고 다 하는 것 같아서 나는 더 좋던데; 신현우도 모르죠. 음원 차트 1위나 음악 방송 1위를 할 수도 있는 거고.

―더 소름인 건 마지막 행보가 신현우 영입이라는 거. 과연 두

명의 현우가 만났을 때 어디까지 올라갈지가 궁금함.

　—동감임. 김현우, 신현우 이름도 비슷하고 뭔가 정이 감. 그리고 무엇보다 어울림 엔터테인먼트 첫 남자 연예인 아님?

　—ㅋㅋㅋ 그러네. 지금까지 죄다 여자들.

　—갑자기 김태식이 싫어진다. 하아!

　—부러운 거겠지. ㅋㅋ

　—근데 여러분, 김현우 대표 이 사람, 지금까지 운이 너무 좋아. 혹시 미래를 알고 있는 거 아닐까? 너무 승승장구하지 않나?

　—커리어만 보면 의심할 만함. 지금까지 트렌드를 이끄는 거 보면 좀 그럼.

　—회귀 매니저 김현우? ㅋㅋ

　—망상들 자제 좀; 21세기입니다. 회귀는 무슨 회귀예요. 회귀한 사람이 저렇게 양심적으로 사업하겠어요? 다 해먹지.

　—그냥 본인 능력이지. 나였으면 로또 샀음.

'이거 좀 위험했는데?'

　현우는 심장이 쿵쾅거렸다. 농담 삼아 작성한 몇몇 댓글은 사실이었다. 그래도 현우는 자부심이 있었다. 회귀한 사람치곤 최대한 자제하며 스스로의 삶을 개척해 왔기 때문이다.

　이유는 간단했다. 회귀 전 현우 본인의 삶이 고달프고 불공평했다는 생각이 들었기 때문이다.

"스토리텔링의 힘이 무섭긴 무섭네."

손태명의 음성에 현우가 상념에서 빠져나왔다. 손태명이 숙취 해소 음료를 건넸다.

"혼자 술 마시니까 좋았냐? 더 달달했지?"

"뭘 혼자 마셔? 신현우 형님이랑 다 같이 마신 거지."

"나도 불렀어야지!"

"너까지 술 마시면 회사가 돌아가겠냐?"

"그렇게 말하면 또 할 말은 없네."

현우의 말은 틀린 말이 아니었다. 손태명이 현우의 맞은편으로 앉았다.

"일단 첫 단추는 성공적으로 끼운 것 같다, 김현우."

"그런 것 같아. 그런데 반응이 무조건적으로 좋은 것만은 아니야."

현우가 노트북을 돌려 손태명에게 보여주었다. 세상 그 어느 곳에나 존재하는 불편하신 분들이 또 대거 등장해 있었다.

—솔직히 어울림발, 김현우발 아님?

—세상 참 불공평해. ㅋㅋ 누군 김현우 대표 만나서 이렇게 잘 풀리고.

—나도 어울림 들어가면 가수 할 수 있음. ㅋ

―송지유랑 엘시도 라디오에 메시지 보냈다는데 너무한 거
아님?

―딸 팔아서 복귀?

―아픈 딸까지 공개하네. 그건 좀 아닌 듯.

―S&H가 언플의 대가라면 어울림은 감성 팔이 잘함.

―김현우발. ㅋㅋㅋ

―소문도 안 좋지 않나? 밤무대 섰다며?

―밤무대. ㅋㅋㅋ 락커가 밤무대. ㅋㅋ

―돈 벌려고 나왔네.

―슬슬 돈 떨어졌죠? ㅋㅋ

―그냥 돈 벌겠다고 해.

―지금 시대에 무슨 락커야. 백경호도 아니고.

―김현우 감 잃었네. 그간 너무 잘나갔지?

"뭐야? 제법 많잖아?"

손태명이 눈살을 찌푸렸다.

"남 잘되는 꼴 보면 배 아픈 사람들이지, 뭐."

"저런 인간들은 뇌를 한번 들여다보고 싶다. 평소 사회생활
은 가능한가?"

"모르지. 뭐 해결 방법은 너나 나나 이미 알고 있잖아."

현우가 물끄러미 손태명을 쳐다보았다.

"그렇긴 하지. 근데 매번 이런 반응이니까 좀 그렇다. 이장호 회장이 왜 대중들을 개돼지로 보는지 알 것 같아. 넌 그러지 마라, 김현우."

"내가 미쳤냐? 그리고 정우 형님이 그러셨어. 대중들의 의심에 익숙해져야 한다고 말이야. 그리고 왜 개돼지야. 그 사람들 때문에 먹고사는 건데."

"어쨌든 정우 형님은 언제 서울 올라오시는데?"

"가게 정리 중이시라는데 시간을 좀 드려야지."

"그래야겠지. 김현우, 이번에도 우리 잘해보자."

"오케이."

현우가 숨을 들이마셨다.

송지유가 무모한 형제들에 출연을 했을 때와 반응이 별반 다르지 않았다. 그때도 그랬다. 새 얼굴인 신인 가수 송지유에게 따뜻한 응원을 보내오는 사람들이 있는가 하면, 신인 가수가 무모한 형제들 같은 거대 예능 프로에 출연했다고 자격을 운운하는 사람들도 많았다.

힘없고 가진 것 없는 자가 성공할 수 있는 시대를 원하면서 오히려 그런 사람들이 나타나면 자격부터 운운하는 아이러니한 사고방식을 가지고 있는 사람들이 참 많았다.

그렇다면 방법은 한 가지였다. 송지유가 그런 것처럼 신현우도 대중들에게 스스로를 증명해 내는 것, 그것뿐이었다.

＊　　　＊　　　＊

병원 로비 한쪽에서 간소하게 사인회가 벌어지고 있었다. 병원 측의 특별한 배려였다. 상당히 이례적인 일이라 병원을 찾은 사람들도, 또 지나가던 의사들도 관심 있게 작은 사인회를 쳐다보며 지나갔다.

당사자인 신현우는 더 얼떨떨했다. 정말 신기했다. 며칠 전만 하더라도 신현우를 알아보는 사람은 거의 없었다. 아이를 둔 또래 가장이나 아이 엄마들이 가끔 알아보기는 했지만 그게 전부였다.

그런데 이제는 사인을 받으려고 줄을 서 있는 사람들 중에 젊은 층이 더 많았다.

"사인해 주세요, 아저씨!"

"아? 예."

고등학생으로 보이는 여학생에게 신현우는 얼른 사인을 해 주었다. 여학생이 신현우를 뚫어져라 쳐다보고 있었다.

"하아, 존잘."

"조, 존잘?"

"아~ 모르세요? 아저씨 엄청 잘생겼다고 감탄한 건데?"

"아, 그렇군요."

신현우가 쓰게 웃었다. 여학생도 따라 웃었다.

"아저씨 되게 볼매 캐릭터시네요? 존잘 아재."

"볼매요?"

"모르세요?"

"네, 미안해요."

"미안은요. 보면 볼수록 매력 넘친다는 거예요, 대충."

"아하, 많이 배우네요."

"멍뭉미도 있으시네요, 아저씨?"

"멍뭉미요? 이번 건 알겠네요. 강아지처럼 귀엽다는 뜻이죠?"

"네! 저 사실은요, 타스에서 베라 때리고 친구 병문안 왔다가 아저씨 본 거예요! 대박 신기해! 자랑해야지!"

도통 무슨 말인지 이해가 잘 되지 않았다.

"또 모르시는구나. 타임스퀘어에서 아이스크림 먹고 오는 길이에요."

"아하!"

신현우가 픽 웃었다. 문득 고개를 들어보니 병원 입구에서 현우가 웃고 있었다. 현우가 성큼성큼 신현우를 향해 걸어왔다.

"김태식이다!"

"우와! 김현우 대표님이다!"

병원 로비가 소란스러워지려 했다. 현우가 얼른 손을 들었다. 이곳은 병원이었다. 더 이상 소란스러워지면 여러모로 곤란했다.

"여기 병원입니다, 여러분. 조금만 조용히 해주세요."

"성대모사 해주시면요."

"예?"

현우가 벙찐 얼굴을 했다. TV나 광고를 통해 대중에게는 익숙한 현우였다. 또 어울림 엔터테인먼트 소속 사람들에게 대중들은 유난히 친근함을 느끼고 있었다. 현우가 벙찐 표정을 하는 사이 사람들이 배를 잡고 웃었다.

"농담인데요?"

"진짜 하려고 하신 거예요?"

"그럴 리가요. 놀란 척 좀 했죠."

다행히 진담이 아니고 농담인 것 같아 마음이 놓였다. 현우는 사인을 받기 위해 줄을 서 있는 사람들을 쳐다보았다. 대략 열 명 정도가 남아 있었다.

"형님, 마저 사인하시죠."

미처 사인을 받지 못한 사람들이 안도했다. 신현우가 정성껏 사인을 해준 다음 자리를 털고 일어났다.

"어떠세요? 사람들이 알아보니까 기분 좋으시죠, 형님?"

"아직도 믿기지가 않습니다. 얼떨떨하기만 합니다."

1999년에도 큰 인기를 끌기는 했지만 오래전 일이라 기억이 가물가물했다. 현우가 빙그레 웃었다.

"뭐, 이제 시작이죠. 오늘 여러 곳에서 연락이 폭주하고 있습니다."

"폭주요?"

"다 형님 때문이죠. 새벽에 저한테 그러셨죠? 더 이상 욕심은 없다고. 그런데 욕심을 부리셔도 될 것 같습니다. 한번 보세요."

벤치에 앉아 현우는 스케줄을 정리한 일정표를 건네었다. 겉모습과 다르게 뼛속까지 옛날 사람인 신현우라 보기 좋게 A4 용지로 뽑아온 현우였다.

신현우의 눈동자가 흔들렸다. 스케줄이 빡빡했다. 정말 많았다.

"이게 다 제 스케줄이란 말씀입니까, 대표님?"

"그렇습니다. 형님 스케줄입니다."

현우가 빙그레 웃었다.

아직 최종 결정이 나지 않은 스케줄도 있었지만 보통 하루에 두 개 이상 스케줄이 잡혀 있었다. 신현우의 재기를 위해 현우도 어울림의 방침을 깨고 최대한 많은 스케줄을 잡아놓은 상태였다. 다른 기획사에 비하면 여전히 적은 숫자의 스케줄이었지만 말이다.

신현우가 멍하니 하늘을 올려다보았다. 머리가 어질어질하고 도무지 믿기지가 않았다. 마치 꿈을 꾸고 있는 것만 같았다.

"저를, 한물간 락커를 방송국에서 찾는다는 말입니까?"

"형님이 왜 한물간 락커입니까? 신현우, 라디오 스타 신현우 모르세요?"

"라디오 스타요? 제가 말입니까?"

현우가 서류 가방에서 애플패드를 꺼내 들었다. 아이애플사의 광고를 찍은 엘시는 어울림 소속 모든 식구에게 애플패드를 선물했다.

현우가 포털 사이트로 들어갔다. 신현우가 애플패드를 들여다보았다. 기사가 수두룩했다. 병원에 있느라 인터넷을 미처 확인하지 못한 신현우였다.

"이게… 대체?"

신현우는 차마 말을 잇지 못했다. 단 하루 만에 모든 것이 달라졌다. 포털 사이트엔 신현우라는 이름 세 글자가 셀 수도 없이 많이 보였다. 실시간 검색어에도 자신의 이름이 보였다.

"설마 인터넷도 확인 안 하신 거예요?"

"네. 어쩌다 보니……."

현우의 시선이 신현우의 핸드폰으로 향했다. 신현우는 아직도 낡고 오래된 구형 폴더 폰을 사용하고 있었다.

"아재셨어요?"

"아재요? 하하! 그런 모양입니다."

조금 전 온갖 신조어를 사용하던 여학생이 떠올랐다. 현우가 팔짱을 꼈다. 생긴 것만 멀쩡하지 완전히 진성 아저씨였다.

"음, 일단 오늘 스마트폰 먼저 사드리겠습니다. 이것도 하나 가져가세요. 다연 씨가 어울림 식구들에게 돌린 선물입니다."

현우가 박스도 뜯지 않은 애플패드를 건넸다.

"이게 뭡니까?"

"태블릿 PC라는 겁니다. 인터넷도 볼 수 있고 동영상도 보고 사진도 찍을 수 있습니다."

"사진이요?"

신현우가 반색했다. 딸아이들의 사진을 담을 수 있다는 생각에서였다. 그런데 신현우의 얼굴이 어두워졌다.

"사용법이 걱정이네요."

"지혜가 사용법을 알고 있을 겁니다, 형님."

"그렇겠군요."

아직 어리지만 똑 부러지고 때로는 동반자 같은 큰딸이었다.

"형님, 지선이랑 지혜를 본 다음에 저랑 미팅 가시죠."

"미팅이요?"

"네. 제가 기가 막힌 프로 하나 잡아놨습니다. 일정표에 쓰여 있을 겁니다."

신현우가 일정표를 확인하다 눈을 크게 떴다. 인터넷도 잘
하지 않고 TV도 잘 보지 않는 신현우가 유일하게 알고 있는
프로그램의 명칭이 떡하니 적혀 있었다.

"제가, 제가 정말 여기 출연할 수 있는 겁니까, 대표님?"

"확정은 아닙니다만, 그쪽에서도 긍정적으로 검토하고 있습
니다. 시즌 1때보다 시청률이 하락세거든요. 그런데 갑자기 형
님이 등장하셨죠. 화제 몰이를 하면서요. 여러모로 급한 건
그쪽입니다."

"이게 정말 현실입니까?"

"네. 요즘 말로 하면 실화죠. 지혜도 좋아하겠네요."

"그럴 겁니다. 지혜랑 지선이 꿈이 제가 그 프로에 나가는
거였거든요."

신현우는 가슴이 울렁거릴 정도로 떨렸다. 그리고 현우를
쳐다보았다. 늘 담담하고 자신감 넘치는 젊은 대표가 이렇게
고맙고 든든할 수가 없었다.

"대표님, 감사합니다. 정말 감사합니다."

신현우가 푹 고개를 숙였다. 진심이었다.

최고의 장비와 음향 기기들로 꾸며진 무대를 신현우가 두
눈으로 담고 있었다. 관객석으로 정말 많은 관객이 찾아왔다.

신현우와 두 딸이 그토록 그리던 꿈의 무대였다. 그리고 지금껏 선 무대 중에서 가장 큰 무대이기도 했다. TV에서나 보던 선배 아티스트들이 하나둘 무대로 올라 관객들 앞에서 노래를 불렀다. 마치 시간이 멈춘 것만 같았다.

"……."

신현우는 무대 뒤편에 우뚝 서서 한 발자국도 움직이지 못했다.

진행을 맡고 있는 김민수가 현우의 어깨를 툭 쳤다.

"현우야."

"네, 형님."

"자신 있냐? 다들 쟁쟁한 가수들이야. 여기서 잘못되면 신현우 씨도, 너도 체면만 떨어질 텐데 걱정이다. 이번에는 너무 도박을 한 거 아니냐? 응?"

신현우의 깜짝 출연을 끝까지 반대한 사람은 작가들도, 피디들도 아니었다. 무모한 형제들의 멤버이자 프아돌을 진행했던, 그리고 지금은 이 프로그램의 진행자 중 한 사람인 김민수였다. 같은 가장으로서 신현우가 걱정되기도 했고 무엇보다 현우를 아끼는 마음이 컸다.

그리고 현우도 그런 김민수의 마음을 헤아리고 있었다. 신현우도 대단했지만 출연하고 있는 가수들은 아티스트라는 칭호가 누구보다도 잘 어울리는 사람들이었다.

"걱정 마세요. 라디오 스타가 괜히 라디오 스타가 아니거든요."

"이야, 역시 김현우네. 현우야, 제작진이랑 상의했는데 지유 좀 어떻게 안 되냐? 아니면 엘시 개라도 어떻게 해봐. 우리 프로 요즘 힘들다, 힘들어."

김민수가 은근히 작업을 해왔다. 시청률도 하락세고 화제성도 떨어진 지금 시점에서 국민 소녀 송지유나 아이돌의 왕 엘시가 출연해 준다면 반등을 노려볼 수 있었다.

현우가 김민수를 보며 피식 웃었다.

"한번 물어는 보겠습니다. 그런데 아직 지유나 다연 씨는 내공을 더 쌓아야죠. 시즌3이 나온다면 모를까요."

"네가 또 그렇게 신중하게 말하는 걸 보면 신현우 씨가 그만큼 대단하다는 건데, 으음, 이거 모르겠는데?"

"형님도 비와 당신 들어보셨죠?"

"그렇지. 노래가 기가 막히더라."

"그럼 이번에도 믿으세요. 저처럼요."

현우가 말했다.

현우는 천천히 세트를 살펴보았다. 예능 프로그램이라고 부르기에는 투입된 장비와 고급 인력이 아까웠다.

이 프로그램은 시즌3까지 나오기는 했지만, 사실상 시즌2에서 끝나 버린 비운의 프로그램이었다. 하지만 예능의 판

도를 바꾸었다는 평가를 내릴 수 있는 그런 프로그램이기도 했다.

문득 현우는 무대를 보고 있는 신현우를 쳐다보았다. 그의 넓은 어깨와 등이 오늘따라 더 크게 보였다.

'이번 무대는 형님을 위한 무대나 마찬가지야.'

대중들에게 잊힌 불꽃 락커 신현우처럼 이 프로그램도 별다른 변수가 없는 한 대중들의 기억 속에서 사라질 것이다. 그래서 묘하게 신현우와 잘 어울린다는 느낌이 들었다.

*   *   *

모든 무대가 끝이 났다. 짧지 않은 시간이었지만 이곳을 찾은 관객들은 진한 아쉬움을 느껴야 했다. 그런데 진행을 보고 있는 김민수가 갑자기 무대로 올라왔다.

돌발 행동이었다.

"여러분, 오늘 무대 어떠셨습니까?"

관객석 곳곳에서 박수가 쏟아졌다. 김민수가 만족스러운 얼굴을 했다. 그리고 마이크를 다시 들었다.

"사실은 말이죠, 오늘 저희 제작진이 특별히 모신 분이 있습니다."

관객석이 소란스러워졌다. 여기저기에서 웅성거리는 소리가 들려왔다. 이미 출연자들은 모든 무대를 마친 상태였다.

"라디오 스타."

김민수가 딱 한마디를 내뱉으며 힌트를 줬다. 관객석으로 잠시 정적이 감돌았다.

"라디오 스타? 설마?"

"신현우? 그 신현우?"

"불꽃 락커 신현우라고?"

일부 추측을 넘어 확신이 담긴 말들이 관객석에서 서서히 확산되었다.

탕! 탕!

어두워져 있던 무대 위로 갑자기 조명이 쏟아졌다. 그리고 가죽 재킷 차림의 신현우가 모습을 드러내었다. 180㎝ 후반에 이르는 훤칠한 체격에 조각같이 잘생긴 락커. 우수에 젖은 신현우의 눈빛이 관객석에 닿았다.

"와아아!"

환호성과 함께 박수가 터져 나왔다. 설마설마했는데 정말 신현우였다. 김민수가 무대로 내려오면서 기다리던 현우와 하이파이브를 했다.

"야~ 이거 통했다! 관객들이 엄청 좋아한다, 현우야!"

"그러니까 제가 걱정 마시라고 했잖아요, 민수 형님."

"이제 저 사람이 노래만 잘하면 되는데 말이야."

"아까도 말씀드렸죠? 믿으세요."

그렇게 말하고 현우의 시선이 신현우에게로 향했다. 볼 수 있는 건 오직 그의 넓은 뒷모습뿐이었다. 하지만 현우는 지금 신현우가 어떤 감정을 느끼고 있을지 짐작되었다.

"……."

신현우가 스탠딩 마이크를 살짝 쥐며 관객석을 쳐다보았다. 저기 수많은 사람들 속 어딘가에서 두 딸이 못난 아빠를 지켜보고 있었다.

무대 시작 전부터 신현우의 눈동자가 붉어졌다.

우수에 젖은 락커의 모습에 관객들은 숨을 죽였다. 신현우가 마침내 입을 떼었다.

"안녕하세요, 불꽃 락커 신현우입니다. 아뇨, 이제는 두 딸의 아빠 신현우입니다."

매력적인 중저음의 목소리에 여성 관객들이 비명을 질렀다.

"무대에 서본 적이 언제였는지 기억도 나지 않을 만큼 오랜 세월이 흘렀습니다. 다시 무대에 서게 되어 무척 기쁩니다. 김현우 대표님, 그리고 김형식 사장님, 고맙습니다."

현우의 이름이 언급되자 관객들이 박수를 보내왔다. 신현우를 지켜보고 있는 현우는 괜히 코끝이 찡했다.

신현우가 관객석을 천천히 둘러보았다.

"제가 이 무대에 설 자격이 있는지 잘 모르겠습니다. 하지만 오늘 저는 불꽃 락커 신현우가 아닌 지혜, 지선이의 아빠 자격으로 이 자리에 섰습니다. 지혜야, 지선아, 아빠가 사랑한다."

락커의 뜨거운 고백에 관객들이 눈시울을 붉혔다.

"Sad Cry… 제 데뷔곡이자 대표곡입니다. 하지만 오늘만큼은 이 노래를 부르지 않겠습니다. 못난 아빠 때문에 우리 딸들이 정말 많이 울었거든요. 모두 노래 제목 때문인 것만 같아 늘 미안하고 마음이 아팠습니다."

가수들이 노래 제목을 따라간다는 속설은 널리 퍼져 있었다. 유재하도, 김광석도 노래 제목대로 짧은 인생을 마감했다. 그리고 신현우도 그랬다. 불꽃 락커라는 별명을 준 자신의 대표곡 'Sad Cry'는 애증의 대상이었다.

신현우가 씁쓸한 표정을 했다. 잠시 생각에 잠겨 있던 신현우가 다시 입을 뗐다.

"제가 들려 드릴 노래는 더 크로스의 'Don't Cry'입니다."

그렇게 말하고 신현우가 감정을 억눌렀다. 두 딸이 더 이상 울지 말았으면 하는 마음에 부르는 노래였다.

오케스트라 악단이 웅장한 전주를 토해내었다. 스탠딩 마이크를 잡고 고개를 푹 숙이고 있던 신현우가 다시 고개를 들었다.

깊고 무거운 저음이 신현우의 입에서 흘러나오기 시작했다. 널리 알려진 노래답게 익숙한 가사였지만, 오늘따라 더욱 관객들의 마음에 와 닿았다.

거칠면서도 더없이 부드러운 저음에 관객들은 정신없이 빠져들었다.

서서히 신현우가 음을 올렸다. 세월이 흘러도 변하지 않겠다는 노랫말이 지금의 상황과 꼭 맞는 듯했다. 신현우는 여전히 락커 그 자체였다.

스탠딩 마이크를 양손으로 쥔 채 신현우가 작정하고 고음을 토해내었다.

불꽃 락커의 거친 고음에 관객들은 머리가 쭈뼛 서는 것 같은 느낌이 들었다.

"와아아!"

정적에 빠져 있던 관객석에서 엄청난 환호성이 쏟아졌다. 환호성은 좀처럼 끝날 줄을 몰랐다. 그리고 다시 한번 신현우가 뿜어내는 저음이 관객들을 사로잡았다.

그렇게 또 한 번 절정 부분이 다가왔다.

영원히 널 사랑해. 널 사랑해
영원히!

잠시 숨을 죽인 신현우가 절규 어린 샤우팅을 뿜어냈다.

'미쳤다!'

무대 뒤편에 서 있던 현우는 고막이 터질 것 같은 충격을 받아야 했다. 신현우가 두성으로 엄청난 고음을 뽑아내고 있었다. 장기를 뽑아내는 것 같은 고음이었다. 아니, 장기도 모자라 영혼을 불사르고 있었다. 그간의 고된 세월을, 그리고 불꽃 락커라 불리던 스스로를 신현우가 마음껏 증명하고 있었다.

"……."

"……."

노래가 끝이 났지만 관객들은 숨도 제대로 쉬지 못했다. 많은 관객들이 눈물도 닦지 못하고 흐느꼈다. 눈물바다가 된 관객석을 향해 신현우도 울먹이며 입을 열었다.

"지혜야, 지선아, 영원히 아빠가 사랑한다."

＊　　　＊　　　＊

관객석에서 기립박수가 쏟아졌다. 스탠딩 마이크를 쥔 채로 신현우는 기립박수를 보내오고 있는 관객들을 눈에 담았다.

급기야 관객들은 붉은 눈동자를 한 락커에게 앙코르를 연호하기 시작했다. 스탠딩 마이크를 쥔 채로 신현우는 그저 서 있기만 했다. 가슴이 뜨거웠다. 1999년 데뷔 이후로 처음 느껴보는 감정이었다.

"앙코르! 앙코르!"

관객들은 좀처럼 물러설 생각을 하지 않았다.

MBS의 전설적인 피디 이영희는 빠르게 지금의 상황을 캐치했다. 시즌1 때 립스틱 사건 이후로 많은 질타를 받았고, 절정에 이른 프로그램은 하향세를 탔다. 그 영향으로 시즌2도 완성도에 비해 시청률은 잘 나오지 않고 있었다.

지금이 유종의 미를 거둘 수 있는 순간이라는 것을 이영희 피디는 알아차렸다. 그리고 급히 스태프들에게 신호를 보냈다.

그리고 무대 뒤편에 서 있는 현우에게 달려갔다.

"김현우 대표님, 신현우 씨 한 곡 더 가능합니까? 부탁드리겠습니다!"

이영희 피디가 현우에게 다급하게 물었다. 현우도 무대를 메우고 있는 앙코르의 파도에 파묻혀 있었다.

"가능할 겁니다. 아뇨, 무조건 해야죠!"

"감사합니다! 민수 씨, 빨리 올라가서 시간을 좀 벌어봐!"

"알겠습니다!"

김민수가 서둘러 무대 위로 올라갔다. 관객들을 눈으로 담고 있던 신현우가 고개를 돌렸다.

"신현우 씨, 한 곡 더 불러야 할 것 같습니다. 내려가서 준비해요."

신현우가 등 떠밀려 스태프들과 함께 무대를 내려갔다. 그리고 김민수의 등장에 관객들이 더욱 큰 박수를 보내왔다.

"잠깐 신현우 씨가 준비하는 동안 저랑 이야기하십시다, 여러분. 신현우 씨가 오늘 너무나도 훌륭한 무대를 보여주셨습니다. 그렇지 않습니까? 그러니까 앙코르가 나오는 것도 당연하죠. 이럴 줄 알았으면 시즌2가 끝나기 전에 신현우 씨를 영입할 걸 그랬습니다. 하하!"

김민수가 관객들과 대화를 나누는 사이 신현우는 현우와 함께 대기실로 향했다.

철컥!

대기실 문이 열리자 박수가 쏟아졌다. 쟁쟁한 선배 가수들이 신현우를 향해 박수를 보내오고 있었다.

"신현우 씨! 훌륭한 무대였습니다!"

"잘했어요! 환상적이었어!"

"감사합니다."

신현우가 꾸벅 고개를 숙였다. 그리고 소파에 앉아 있던 두 딸이 신현우에게 달려와 안겼다. 신현우는 두 딸을 꼭 껴안아 주었다.

세 부녀가 서로를 꼭 안고 말이 없었다. 그 모습을 보고 아이들을 데리고 와준 이솔이 눈물을 훌쩍였다.

"……."

현우도 괜스레 코끝이 찡했다.

한참 동안 딸들을 껴안고 있던 신현우가 무릎을 펴고 일어 났다. 아직 한 번의 무대가 더 남아 있었다.

"지혜야, 지선아, 아빠 다녀올게."

"우리도 같이 갈래!"

"제가 솔이랑 데리고 가겠습니다, 형님."

현우가 말했다. 신현우가 고개를 끄덕거렸다. 이윽고 신현 우가 대기실을 찾은 스태프들과 함께 다시 무대로 향했다.

현우와 이솔은 두 자매의 손을 하나씩 잡고 무대 뒤편으로 향했다.

"와아아!"

신현우가 다시 무대로 오르자 관객들의 환호성이 쏟아졌 다. 시간을 벌고 있던 김민수가 마이크를 신현우에게 건넸다.

"신현우입니다."

짤막한 말이었지만 큰 박수가 쏟아졌다.

"이번에 불러 드릴 노래는… 고(故) 김광석 선배님의 곡입니 다. 사랑했지만."

관객석이 술렁였다. 음유시인이라 불리는 김광석의 곡 '사랑 했지만'은 쉬운 곡이 아니었다. 2001년 전설적인 락커 김경호 가 훌륭하게 곡을 리메이크했다는 평가를 받은 것을 제외하 곤 누구도 쉽게 흉내 낼 수가 없는 곡이었다. 또한 오직 김광 석과 김경호 버전 두 가지로만 평가를 받는 그런 곡이었다.

의외의 선곡이었다. 그사이 전주가 흘러나왔다. 신현우의 깊은 저음이 스탠딩 마이크를 타고 관객석으로 퍼져 나갔다.

노래 가사처럼 무대로, 그리고 관객석으로 촉촉한 비가 내리는 것만 같았다. 신현우가 서서히 음을 올리기 시작했다. 관객들도 조용히 두 눈을 감았다.

사랑했지만
그대를 사랑했지만

신현우가 고음을 토해내었다. 불꽃 락커라는 별명에 걸맞은 엄청난 고음에 관객들은 숨이 턱 막힐 정도였다. 거대한 무대와 관객석이 신현우의 고음으로 가득 찼다. 그리고 무대 뒤편에서 현우와 이솔도 두 아이의 손을 잡고 무대를 지켜보고 있었다.

진한 여운과 함께 불꽃 락커의 마지막 무대가 비로소 끝이 났다. 그리고 '우리는 가수다' 시즌2의 마지막 녹화도 끝이 났다.

*　　　　*　　　　*

[불꽃 락커 신현우! '우리는 가수다' 특별 출연!]
[신현우! 흘러간 락커의 화려한 부활!]
['우리는 가수다', 논란 속에서 신현우는 건졌다!]

[락 스타 신현우! 나는 살아 있다!]

[신현우 그는 홀로 빛났다!]

토요일 밤 10시에 방송된 MBS '우리는 가수다' 시즌2의 마지막 방송은 평소보다 훨씬 높은 최고 시청률을 경신하며 막을 내렸다. 그리고 불꽃 락커를 직접 두 눈으로 목도한 대중들은 신현우를 향한 의심을 거두어들였다.

대중들이 '배철수의 음악캠프' 때보다 더 큰 관심과 사랑을 보내오기 시작했다. 신현우의 진정성 있는 무대에 수많은 대중들이 매료되어 버린 것이다.

그리고 부족한 연출력으로 질타를 받아오던 '우리는 가수다' 시즌2도 신현우를 통해 유종의 미를 거둘 수 있었다.

"이제 마음이 놓이네. 지혜 약속도 지킬 수 있을 것 같다."

현우가 길게 안도의 한숨을 내쉬었다. 포털 사이트 기사는 물론 주요 커뮤니티가 온통 신현우 이야기로 가득했다. 또 실시간 검색어에 연일 신현우라는 세 글자가 올라와 있었다.

어울림으로 인터뷰 요청을 비롯한 방송 섭외 연락이 전보다 더욱 많이 몰려들었다. 그야말로 가장 핫한 연예인이 된 신현우였다.

그리고 화제의 중심에 놓인 건 비단 신현우뿐만이 아니었다. '우리는 가수다' 방송분에서 신지혜와 신지선의 얼굴이 여

러 번 잡혔고, 특히 신지혜는 어울림 엔터테인먼트 연습생이
라는 말까지 더해져 엄청난 관심을 받고 있었다.

612375 불꽃 락커 신현우 큰딸 신지혜.jpg

─와아, 아빠 닮아서 그런가? 엄청 예쁘고 귀엽다!

─어울림 연습생 클래스. ㄷㄷ

─열한 살이랬나? 잠재력은 엄청 있어 보임. 제2의 송지유?

─제2의 이솔일 수도? 아니면 제2의 엘시?

─제2의 엘시는 Xena 아님?

─헛소리 자제 좀;

─어쨌든 미래가 기대됨. 언제 데뷔하려나? ㅋㅋ

S&H나 JG, JYB 출신도 아니고 연습생이 데뷔도 전에 주목
을 받는 경우는 흔치 않았다. 데뷔 전부터 어느 정도 이름과
얼굴을 알렸다는 점에서 현우는 여러모로 흡족했다.

"오빠, 이거 읽어봐요."

대표실 소파에 앉아 뜨개질을 하고 있던 송지유가 털실 뭉
치를 내려놓았다. 그리고 현우에게 핸드폰을 건넸다.

문화, 영화, 음악 등 종합 평론가인 곽일산 씨의 칼럼이었
다.

[김현우 대표가 현 사회와 문화계에 던지는 메시지]

'Rock star never die', 영화 제목이나 7, 80년대 영화에서 나올 법한 고루한 문장이다. 하지만 이 문구는 실제로 어울림 엔터테인먼트에서 신현우의 컴백을 위해 준비한 프로젝트의 파일명이기도 하다. 불꽃 락커라 불리며 불꽃처럼 사라진 락커 신현우가 성대한 컴백 의식을 마쳤다. 그리고 그 뒤에는 어울림 엔터테인먼트와 김현우 대표가 존재했다. 혹자들은 마흔 살 락커의 귀환을 지켜보며 이런 말을 했다. '지나간 것은 지나간 대로 두어야 한다'. 그리고 일생일대의 기회를 잡은 마흔 살의 락커를 향해 질투 어린 시선을 보내기도 했다. 찬사와 질투. 이 상반되는 대중의 반응 속에서 김현우 대표와 불꽃 락커는 '락 스타는 결코 죽지 않는다'는 자신들의 슬로건을 꿋꿋이 관철시키고야 말았다. 단 두 번의 무대를 통해 신현우는 대중을 울렸다. 그리고 오늘 나는 카페로 가는 길, 문득 걸음을 멈춰야 했다. 흘러간 락 발라드 노래들이 카페 곳곳에서 흘러나오고 있었기 때문이다. 이는 불꽃 락커 신현우 그가 남긴 여운이다. 이렇듯 새로운 것에만 집착하는 문화계와 더 나아가 우리 사회에 김현우 대표와 라디오 스타 신현우는 많은 여운을 남겼다. 이제 남은 것은 우리가 편견 없이, 그리고 너그러운 눈길로 그들의 행보를 지켜보는 것이 아닐까? 김현우 대표, 그는 우리에게 여전히 많은 메시지를 전하고 있다.

—잘 보셨네요. 사실 저도 신현우 씨 처음에 접했을 때는 왜, 어떤 이유로 어울림 같은 곳에서 옛날 가수를 위해서 저렇게 공을 들이나 했는데 이제 와서 보니 제가 생각이 짧았다는 걸 깨달았습니다. 때로는 흘러간 것들이 더 아름다울 때가 있는 법이죠. (공감 7,548/비공감 122)

—평론가님의 말씀에 지지합니다. 많은 사람들이 올드하다, 뻔하다 등의 반응들을 보였지만 지금은요? 버스를 타는데 라디오에서 제가 좋아하던 밴드의 옛 곡이 나오더군요. 추억에 빠져서 노래를 들었습니다. 앞만 보고 달려가는 우리에게 김현우 대표님과 신현우 씨가 한 번쯤은 과거를 되돌아볼 기회를 마련해 준 것 같습니다. 감사합니다, 두 분. 늘 응원하겠습니다. (공감 6,841/비공감 109)

—김태식 대표님, 감사합니다. 덕분에 잊고 있던 노래들 많이 찾아 듣고 있습니다. (공감 6,317/비공감 212)

—락 스타는 절대 죽지 않는다! 김태식도 죽지 않는다! 어울림 포에버! (공감 5,970/비공감 74)

—트로트부터 시작해서 발라드에 이어 락 발라드까지. 이 정도면 거의 국민 기획사 아님? (공감 5,470/비공감 313)

평론가 한 명의 글이 많은 대중의 공감을 이끌어내고 있었다. 대중들의 뜨거운 반응에 들떠 있던 현우도 조금은 숙연해졌다.

"국민 기획사라……."

"부담돼요?"

"상당히?"

"나는 국민 소녀라고 불린 지 꽤 됐는데요? 엄살쟁이."

송지유가 털실로 정체불명의 무언가를 짜며 말했다. 현우가
팔짱을 꼈다.

"그동안 너도 부담감이 많았겠다, 송지유."

"운명 아니겠어요? 그러니까 오빠도 받아들여요. 살면서 나
쁜 짓 할 생각 아니면 부담감 가질 필요 없잖아요?"

"그러네. 명판사 송지유다."

현우가 조용히 웃었다. 구구절절 맞는 말이었다.

문득 현우가 송지유를 쳐다보았다. 휴식기를 맞아 운동이
나 세 스승님에게 음악적인 트레이닝을 받는 것을 제외하곤
송지유는 늘 집 아니면 회사였다. 그리고 며칠 전부터는 털실
을 잔뜩 사다가 뭘 만들기 시작했다.

"뭐 만드는데?"

"스웨터."

"누구 줄 건데? 할머님?"

"네."

"시간 나면 내 것도 콜?"

"하는 거 봐서요."

"그래, 알았다."

현우가 피식 웃었다. 송지유가 화제를 전환시켰다.

"신현우 선배님, 이제 어떻게 되는 거예요?"

"음, 앨범 제작해야지. 지혜랑 약속 지켜야 하니까. 그리고 지유 너도 이제 슬슬 준비를 해야지?"

"네."

송지유가 고개를 끄덕였다.

수확의 계절이, 아니, 수확의 시기가 다가오고 있었다.

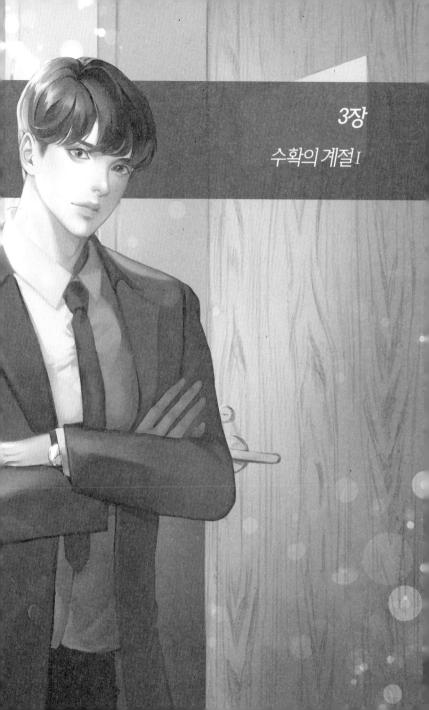

3장

수확의 계절 I

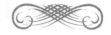

국민 기획사.

불꽃 락커 신현우가 성공적인 재기를 하며 얻은 어울림 엔터테인먼트의 애칭이다. 신현우 열풍은 쉽사리 가라앉지 않았다. 공중파 연예 뉴스 프로그램은 물론 다양한 예능에서 1990년대 후반과 2000년도 초반에 걸쳐 유행하던 락 발라드를 재조명했다.

당연히 신현우를 향한 러브콜도 쏟아졌다. 신현우는 KBN2 TV의 인기 리얼 버라이어티 프로그램인 '2박 3일'에 게스트로 출연했다. 첫 예능 프로그램 출연이었다.

"그러니까요, 형님. 이걸 이렇게 누르셔서 보는 겁니다."

"이, 이렇게?"

"그렇습니다, 형님."

신현우가 허둥지둥하던 끝에 포털 사이트에 접속했다.

"어렵다, 현우야."

"차차 익숙해지실 겁니다."

현우가 피식 웃었다. 신현우가 '2박 3일'과 관련된 기사 하나를 클릭했다.

[신현우, '2박 3일' 깜짝 게스트 출연! 시청률 대폭 상승!]

불꽃 락커 신현우가 첫 예능 나들이를 했다. '2박 3일' 강원도 고창 편에 게스트로 출연한 신현우는 불꽃 락커라는 평소의 거친 이미지와 달리 어수룩하고 엉뚱한 매력을 발산하며 2박 3일 멤버들과 제작진을 당황하게 했다. 특히 기계치인 그는 스마트폰의 사용법을 몰라 작가들에게 사용법을 묻는 진풍경을 연출했다. 하지만 개울물에 빠질 뻔한 여자 작가 대신 개울물에 빠지는 등 기사도 정신을 발휘하기도 했다. 복불복 게임에서도 뛰어난 운동신경으로 실내 취침을 따냈다. 그리고 이날 신현우의 큰딸 신지혜가 어울림 엔터테인먼트의 김현우 대표와 함께 촬영장을 찾았다. 신지혜 양은 2박 3일 멤버들의 사랑을 독차지했으며 재치 넘치는 입담으로 촬영장을 훈

흔하게 만들었다. 신현우는 딸을 살뜰히 챙기는 모습을 보여주며 여심을 저격했다. 한편, 이날 김현우 대표는 김태식 성대모사를 성공적으로 선보이며 많은 웃음을 주었다.

"아니, 왜 꼭 마무리는 김태식이지?"

현우가 머리를 긁적였다. 기사의 마지막 정점을 김태식 성대모사가 찍고 있었다. 이 정도면 기자들을 의심할 수밖에 없었다. 한두 번이 아니었다.

옆에 앉아 있던 신지혜가 신현우와 함께 기사를 읽다가 킥킥 웃었다.

"지혜야, 너 이러기야? 내가 아빠 도와주려고 촬영장 가서 제일 싫어하는 김태식 성대모사도 했잖아."

"웃기는데 어떻게 안 웃어요? 그래도 미안해요, 삼촌."

신지혜가 애교 섞인 웃음을 지었다. 덕분에 현우의 마음도 스르르 녹아내렸다.

사실 현우도 '2박 3일' 출연 결정을 내리기는 했지만 큰 기대는 하지 않았다. 신현우의 성격이 더없이 진지한 성격이었기 때문이다. 더군다나 락커라는 거친 이미지까지 갖고 있었다. 대중의 입장에서는 쉽사리 다가갈 수가 없는 캐릭터였다.

하지만 막상 촬영에 들어가니 신현우는 특급 매력을 뿜어냈다. 비슷한 연령대인 2박 3일 멤버들과도 케미가 잘 맞았고,

조각 같은 외모와 어울리지 않는 어수룩한 매력에 시청자들이 열광했다. 특히 젊은 여성층에서 신현우의 인기는 탑 남자 아이돌급으로 급부상하고 있었다.

댓글 중 태반이 여성 시청자들이었다.

―신현우, ㄹㅇ 존잘. ㅠ 벌써 홀랑 빠짐. ㅠ

―존잘. 신현우의 20대를 못 본 게 한이다. ㅠㅠ

―신현우 아저씨 20대였으면 우린 세상에 없어요. ㅋ

―아, 맞네! ㅋㅋㅋㅋㅋ

―작가들 챙기는 거 봄? 하아, 사심 없는 진짜 남자의 눈빛.

―작가들도 촬영 내내 신현우 아저씨만 따라다님. ㅋㅋㅋ

―고독한 늑대 같지 않음? 하지만 나한테만은 강아지!ㅋ

―저, 저 웃는 거봐! 요망한 아저씨야!

―개울물에 빠진 여자 작가 손이랑 눈 다 삽니다. ㅋ

―온몸이 잔 근육임. 헤벌쭉. ㅋㅋ

―촬영 내내 지혜 챙기는 거 보고 진짜 우리 아빠 생각도 나고 너무 멋있었음. 딸 둘 있는 아빠가 이렇게 멋있을 수 있다니!

―신현우 아저씨, 저랑 결혼해요! 제가 지혜랑 지선이 엄마가 되어드릴게요!

―신지혜 엄마 지원합니다!

―지원합니다! 어울림으로 면접 가면 되나요? ^^;

─유부남 아닌 게 천만다행임. ㅠ 마음껏 좋아해야지!ㅋ

─나도 지혜처럼 저 품에서 안겨서 자고 싶다.

─마성의 중년 락커 신현우, 너 마음에 들었어!

─김현우에서 신현우로 갈아탑니다! 현우 대표님, 미안해요!

─ㅋㅋㅋ 김현우보다는 이제 신현우!

"하, 이거 여러모로 내가 타격이 큰데? 서운하다, 서운해. 이렇게 사랑이 쉽게 변하는 거였나? 나도 운동이나 할까?"

현우가 쓰게 웃었다. 여심이 김현우 쪽에서 신현우 쪽으로 급격히 기울고 있었다. 물론 기뻤다. 여심이 40살의 락커 신현우 앞에서 요동 치고 있었다. 좋은 현상이었다.

"……."

신현우는 애플패드에서 눈을 떼지 못했다. 기계치이자 인터넷도 잘 안 하던 신현우에게 온라인 세상은 콜럼버스가 발견한 신대륙 그 자체였다.

"신기하다, 현우야. 정말 나한테 단 댓글들이지?"

"맞습니다. 좋으시겠어요?"

괜히 현우가 짓궂게 물었다. 신현우가 픽 웃었다. 그러곤 애플패드를 들여다보았다.

"이분들한테 직접 감사하다고 말씀드리고 싶다, 현우야. 내가 댓글 달아주면 되는 거지? 이렇게?"

신현우가 독수리 타법으로 댓글을 달았다. 결국 신현우가 남긴 첫 댓글은 이거였다.

—저ㄷ 사랑함미다.

오타가 남발했다. 현우가 애써 웃음을 삼키며 입을 열었다.

"댓글 다 달아주시려면 밤을 새워도 모자랍니다. 조만간 형님 팬 카페가 생길 것 같은 분위기니까 그때 정식으로 글 쓰시죠."

"팬 카페? 그런 것도 생길까?"

"제가 장담하죠."

"응. 맞아! 그러니까 아빠, 이제 그 언니들한테 댓글 달지 마!"

신지혜가 휙 애플패드를 뺏어 들었다. 볼이 잔뜩 부풀어 올라 있었다. 눈도 한껏 치켜뜨고 있었다.

"지혜야, 아빠랑 지혜를 좋아해 주는 좋은 분들이잖아."

"좋기는 한데, 다들 아빠를 노리고 그러는 거잖아. 더 이상은 안 돼! 아빠는 지혜랑 지선이 거야!"

현우가 크게 웃었다. 잘난 아빠를 둔 딸내미의 질투였다. 신현우는 그런 딸을 그저 자상한 눈빛으로 쳐다보고 있었다.

한바탕 소란이 지나가고 대기실에서 분장을 마치고 신현우와 신지혜 부녀가 나타났다. 신현우는 이제는 트레이드마크가 된 검은색 가죽 재킷을 걸치고 있었다.

첫 예능 출연에 이어 신현우는 첫 광고 촬영까지 앞두고 있었다. 2박 3일에서 똑 부러지는 매력을 보여준 신지혜도 아빠와 함께 광고 촬영을 하게 되었다.

여기저기에서 광고팀 스태프들이 감탄했다. 정말 그림 같은 부녀였다. 이번 광고는 코코아 광고였다. 신현우 부녀의 애절한 사연이 세상에 알려지면서 광고 모델 요청이 빗발쳤다. 하지만 뭐든지 세상일에는 정도가 있는 법이다. 아픈 딸을 가지고 돈을 번다는 소리가 나올 수도 있었다. 돈에 욕심이 날 법도 했지만 현우도 신현우도 큰 욕심을 부리지 않았다.

광고 모델료는 3억. 송지유나 엘시, i2i 멤버들과 비교하면 턱없이 적은 액수였다. 하지만 현우는 믿고 있었다. 신현우의 몸값이 조만간 몇 배로 뛸 것이라는 것을 말이다.

"벌써 광고까지 찍으시고 뿌듯합니다, 형님."

최영진이 준비하고 있는 신현우 부녀를 보며 현우에게 말했다. 현우도 고개를 끄덕거렸다. 기획사 대표이기 전에 한 사람으로서 감회가 새로웠다.

하지만 신현우는 이제부터가 진정한 시작이었다. 밴드 출신인 김정호가 신현우를 위한 곡을 만들고 있었다. 즉 신현우의 앨범이 제작되고 있다는 말이다.

신지혜와 한 약속도 중요했지만 제작자로서, 또 기획사 대표로서 현우는 승부욕이 끓어올랐다. 목표는 음악 프로를 비롯한 음원 차트 1위를 달성하는 것이었다.

*   *   *

광고 촬영이 계속되었다. 신현우는 광고 촬영장에서도 어수룩한 매력을 발산하고 있었다. 나름 연기가 필요한 광고였는데 신현우가 자꾸 실수를 했다.

'로봇 연기 수준인데?'

웃으면 안 되는데 여기저기에서 자꾸 웃음이 터졌다.

반면 신지혜는 애드리브까지 선보이며 광고 촬영장을 쥐락펴락하고 있었다.

"영진아."

"네, 형님."

"지혜 말이다. 처음에는 노래나 춤에 재능이 있다고 생각했는데 연기에 소질이 있어 보이지 않냐?"

"확실히 그렇습니다. 저도 아까부터 그 생각을 하고 있었어요."

"흠, 연기 레슨도 시켜야겠다."

"플래시즈 쪽에 부탁하시게요?"

"그럴 필요가 있냐? 유희가 있는데."

"아, 그렇죠!"

최영진이 반색했다. 어울림엔 토요일과 일요일 안방을 주름 잡고 있는 연기파 배우 서유희가 있었다. 현우도 그동안 신지혜를 놓고 그리고 있던 방향을 조금은 수정하기로 마음먹었다. 춤이나 노래 쪽에도 재능이 대단했지만 연기 쪽에 더 재능이 있어 보였다.

베테랑 광고 감독이 연신 칭찬에 칭찬을 거듭할 정도였다. 차라리 어릴 때부터 아역배우로 데뷔를 시키는 것도 나쁘지 않다는 생각이 들었다. 열한 살로 어리긴 했지만 워낙에 당차고 영악한 아이라 전혀 걱정이 되지 않았다.

그리고 지금 이 순간에도 신지혜의 불꽃 애드리브에 광고팀 스태프들이 박수를 치며 좋아하고 있었다.

"아무래도 말이다."

"네, 형님."

"지혜도 지유 같은 사기 캐릭터 같다."

"그렇다면야 더없이 좋은 일 아닐까요, 형님?"

"그렇지."

때마침 신지혜와 눈이 마주쳤다. 신지혜가 살랑살랑 손을 흔들었다. 첫 광고 촬영이고 첫 연기임에도 신지혜는 정말로 즐거워 보였다. 노래를 부르거나 춤을 배울 때와는 완전히 느낌 자체가 달랐다.

그리고 결국 콘티가 수정되었다. 신현우의 대사가 줄어드는 대신 신지혜의 대사가 늘어났다. 신지혜의 비중이 커지자 광고 촬영도 수월하게 진행되기 시작했다.

광고 촬영장엔 웃음이 떠나지 않았다. 신지혜가 광고 감독의 요구에 따라 그때그때 다른 표정, 행동들을 했다.

"감독님도 이제는 아예 즐기는 거 같은데?"

현우가 피식 웃었다. 그리고 세 시간 만에 광고 촬영이 종료되었다. 현우는 광고팀과 함께 영상을 확인해 보았다.

낙엽이 잔뜩 쌓여 있는 정류장의 벤치 의자에 신현우가 덩그러니 앉아 이어폰을 끼고 음악을 듣고 있었다. 어느새 나타난 신지혜가 신현우의 어깨를 두들겼다. 깜짝 놀란 신현우가 고개를 돌렸다. 그러자 신지혜가 잔뜩 얼굴을 구기고는 이어폰을 빼내어 자신의 귀에 가져다 대었다.

"아빠, 또 헤비메탈 듣고 있었어?"

"응, 아빠는 락커잖아."

"락커는 무슨 락커야! 락커도 아빠야! 날씨도 추운데 여기

계속 앉아 있으면 감기 걸려! 진짜 못 살아. 철부지 아빠라니까?"

새초롬하면서도 엄한 표정이 절묘하게 섞였다.

"춥다. 따듯한 코코아 한 잔 마시고 싶어."

그 순간 하늘에서 코코아 팩이 우수수 신현우에게로 떨어졌다. 신현우가 자리에서 일어났다.

"자, 코코아."

"아이고야!"

신지혜가 뒤로 발라당 넘어졌다. 그런데 표정이나 행동, 대사가 정말로 리얼했다. 그리고 아직 편집을 거치치 않은 장면이 또 나왔다.

신지혜가 코코아를 마시며 카메라를 향해 말했다.

"달달해. 우리 아빠처럼."

표정 속엔 아빠 신현우를 향한 애정과 사랑이 듬뿍 담겨 있었다.

영상을 확인한 현우가 깜짝 놀랐다. 신지혜의 존재감은 독보적이었다. 연기가 살아 있었다. 어색한 신현우의 연기가 묻힐 정도로 정말 대단했다. 특히 마지막 장면이 압권이었다. 정말로 사랑에 빠진 소녀 같았다.

"삼촌, 나 잘했어요?"

"최고다, 최고. 연기 배워볼래, 지혜야?"

"네! 연기 처음 해봤는데 너무 재밌어요!"

"오케이. 유희 언니 기억나지?"

"네, 얼굴 하얗고 눈 크고 착하게 생긴 바보 언니요?"

"바, 바보 언니?"

현우가 피식 웃었다. 어린아이의 시선에는 착하고 순한 서유희가 바보같이 보이는 것 같았다.

"저 유희 언니 좋아요!"

"오케이. 그럼 유희 언니한테 연기 수업 받기로 하자. 그리고 형님도 광고 찍느라 고생 많으셨습니다."

"내가 뭐 한 게 있나 모르겠어. 지혜가 하자는 대로 한 것밖에는."

신현우가 수줍어했다.

"그걸 잘하셨다는 겁니다."

"맞아, 아빠."

"하하."

신현우가 작게 웃었다. 지금 이 순간이 너무나도 행복했다. 그리고 꿈만 같았다.

*　　　　*　　　　*

11월. 가을이 끝나가고 겨울이 도래하는 계절이기도 했지만 연예계에 종사하는 사람들에게는 일종의 수확의 계절이기도 했다. 지난 1년 동안 활발히 활동한 기획사와 연예인들은 11월과 12월 이맘때쯤이 제일 바빴다.

반면, 활동을 많이 하지 못했거나 뚜렷한 성과가 없는 기획사 및 연예인들은 누구보다도 쓸쓸한 연말을 맞이하는 잔인한 계절이었다.

그리고 올해 수많은 이슈의 중심에 섰던 어울림은 그야말로 행복한 비명을 지르고 있었다. 각종 영화제나 연말 시상식에서 가장 먼저 어울림 소속의 연예인들을 찾았다. 이름도 잘 모르는 문화계 단체에서 보내온 메일이나 공문이 사무실에 수북하게 쌓여 있었다.

어울림 엔터테인먼트는 백룡영화제라는 큰 시상식을 앞두고 있었다. 송지유와 서유희가 주연을 맡은 '그와 그녀의 흔한 첫사랑'은 멜로 영화임에도 당당히 최우수작품상 후보에 올라 있었다. 당연했다. 올해 유일무이한 천만 작품이었다.

그뿐만이 아니었다. 감독상에 김성민 감독도 후보로 올라 있었다. 그리고 무엇보다 송지유와 서유희도 배우로서 백룡영화제에 초청을 받았다. 가수로는 엘시와, i2i, 그리고 요즘 한창 인기몰이를 하고 있는 신현우가 초청을 받았다.

백룡영화제에 어울림 소속의 연예인들이 총출동한다고 해

도 과언이 아니었다. 다른 기획사 관계자들이 본다면 부럽기만 할 일이었지만 어울림 엔터테인먼트는 비상이었다.

"시상식의 꽃이라 하면 뭘까요, 오빠?"

"우리 지유랑 유희지. 물론 다연 씨랑 i2i 멤버들도."

"요즘 아재 개그 많이 늘었네요? 큰형님이랑 어울려 다니더니 아재가 다 된 것 같아, 김현우 씨."

김은정의 핀잔에 현우가 피식 웃었다.

"농담이지. 당연히 여배우들의 드레스 아니겠냐?"

"그렇죠! 드레스!"

시상식의 꽃이라 함은 국내외를 막론하고 여배우들의 드레스였다. 과한 노출로 눈살을 찌푸리게 하며 주목을 받는 신인 여배우들도 존재했지만, 우아하고 아름다운 드레스로 큰 화제를 모으는 여배우들도 존재했다.

청담동 몽마르트는 오늘따라 유난히 활기찼다. 어울림 소속 여자 연예인들이 단체로 이곳을 방문했기 때문이다.

영화제에서 입을 드레스를 고르는 데 현우는 몽마르트 원장의 도움을 받기로 한 상태였다. 커다란 테이블 위로 각 브랜드에서 보내온 드레스들이 쫙 깔렸다.

S사부터 시작해서 C사 등 세계적으로 알아주는 명품 브랜드의 드레스들이 조명을 받아 화려하게 빛나고 있었다.

반면, 현우는 죽을 맛이었다. 현우가 보기에 드레스는 딱 두 종류였다. 얌전한 옷, 그리고 얌전하지 않은 옷.

김은정이 들으면 기겁할 만한 일이지만 현우도 진지하게 턱을 매만지며 드레스를 살펴보고 있었다.

"호호, 지유 씨가 감추고 다녀서 그렇지 몸매가 워낙에 좋아요. C사 드레스는 어때요? 서구적인 체형으로 디자인이 나온 건데 지유 씨 정도면 훌륭하게 소화할 거예요."

원장이 심플하고 고전 디자인의 블랙 드레스를 적극적으로 추천했다.

"유희 씨는 허리도 가늘고 다리가 기니까 롱 드레스 어떨까요? 엘시 씨는 아담하고 작은 체구니까 미니 드레스가 좋을 것 같아요."

"미니 드레스요? 원장님, 저는 노출 심한 게 좋아요!"

엘시가 묘한 자부심을 내비쳤다. 여자 원장과 몽마르트의 직원들이 각각 드레스 세 벌씩을 골랐다.

"대표님도 보시겠어요?"

원장의 질문에도 현우는 생각에 잠겨 대답이 없었다.

"대표님, 오빠!"

결국 송지유가 현우의 옆구리를 찔렀다.

"네? 아, 네!"

원장의 질문에 현우가 화들짝 놀랐다. 송지유와 엘시, 서유희, 그리고 i2i 멤버들의 시선이 쏟아졌다.

"형님, 죽을 맛인데요."

"나도 그렇다, 현우야."

신현우도 덩달아 쓰게 웃었다. 신현우와 현우가 입을 턱시도는 벌써 결정이 났다. 그럼에도 신현우는 굳건히 자리를 지키고 있었다.

"오빠, 이럴 거면 그냥 집에 가서 자요."

"앞에 치킨 가게 있던데 선배님이랑 맥주 한잔하고 있으세요."

송지유와 엘시가 2연타 공격을 했다.

"사무실에도 맥주 있는데 뭐 하러. 돈 아깝게."

배하나가 소심하게 현우를 공격했다. 3연타 공격에 어질어질할 법도 했지만 현우는 피식 웃기만 했다.

그러다 현우가 진지한 얼굴을 했다.

"원장님, 여기 이 드레스들 말입니다."

"네, 대표님."

"제 눈에는 하나같이 다 예뻐 보여서 말이죠. 그런데 이렇게까지 고심해서 고를 이유가 있을까요?"

현우의 지적에 원장은 물론 몽마르트의 직원들까지 할 말을 잃어버렸다. 뚱딴지같은 말이긴 했지만 그렇다고 딱히 틀린 말도 아니었다.

"그러네요. 여기 드레스 전부 유명 브랜드에 유명 디자이너들이 만든 것들이잖아요. 왜 우리가 이렇게 아침부터 고생하고 있죠? 어떻게 보면 거기서 거긴데. 드레스가 다르다고 해서 지유 얼굴이 달라지는 것도 아니잖아요?"

김은정이 현우의 의견에 동조했다. 어느 순간부터 연예계에서는 드레스를 놓고 보여주기 식으로 과한 경쟁을 거듭하고 있었다.

그러니 해마다 노출 논란이 일었고, 드레스를 두고 여배우들끼리 신경전을 벌인다거나 너무 높은 가격에 논란이 일기도 했다.

"지유도 그렇고 유희도, 다연 씨도 여기서 더 이상 어떻게 예쁩니까? 그렇지 않아요?"

"으~ 느끼해~"

김은정과 다르게 당사자들은 반응이 괜찮았다. 그러다 송지유가 눈동자를 빛내며 현우를 쳐다보았다.

"드레스에 의미를 담자는 뜻이에요?"

현우가 씩 웃으며 고개를 끄덕거렸다.

"그렇지. 바로 그거지."

*   *   *

마포구 상수동 뒷골목에 위치한 작은 공방.

야심한 시각임에도 작은 공방에는 불이 켜져 있었다.

드르륵, 드르륵.

전자 미싱 소리와 함께 공방에 놓인 작업대 여기저기로 형형색색의 옷감이 널려 있었다.

김은정의 눈동자에는 초점이 없었다. 그저 집념만 남아 있을 뿐이었다. 옆에서 돕고 있던 홍인대학교 동기들이 어깨와 팔을 주무르며 김은정의 눈치를 보고 있었다.

"은정아, 조금만 쉬자. 응?"

"쉬자, 과대."

"팔 아파 죽겠어!"

"과대가 동기들 착취하는 거 언론에 제보할 거다?"

드르륵.

마침내 전자 미싱 소리가 잦아들었다. 김은정이 같은 과 동기들을 슥 둘러보았다. 스산한 눈동자 안으로 동기들이 담겼다.

"마음대로 해. 작품을 위해서라면 콩밥도 먹을 수 있다. 흐흐."

얼핏 눈동자로 광기도 엿보였다.

"김은정, 어울림 다니더니 이상해졌어."

"그러니까."

김은정을 보며 동기들이 푹 한숨을 내쉬었다. 하지만 한숨과 달리 다들 뜨거운 열의가 엿보였다. 백룡영화제에 선보일 드레스였다. 보통 명품 브랜드의 유명 디자이너가 만든 드레스가 주를 이루는 공식 석상에서 자신들이 직접 만든 드레스가 공개된다.

떨리고 두렵기도 했지만 설레기도 했다. 그래서 다들 고생을 마다하지 않고 있었다. 반면 공방에서 유일하게 편안한 시간을 보내고 있는 사람이 한 명 있었다.

송지유의 머리가 위에서 아래로 꾸벅꾸벅 시소를 탔다. 결국 김은정이 자리에서 일어났다. 그리고 송지유의 앞에 쪼그려 앉았다.

"송, 자?"

"……."

"송!"

"으, 응?"

송지유가 눈을 떴다. 잠에 취한 송지유는 무방비 상태였다. 잠에 취해 눈동자가 몽롱했다.

"손."

"…응."

송지유가 손을 척 내밀었다.

"착하다, 우리 송. 가서 세수하고 오세요."

"응."

송지유가 휴게실로 향했다. 잠시 후 송지유가 나타났다. 그리고 김은정에게 다가와 헤드락을 걸었다.

"야! 손?"

"어, 어? 기억났어?"

"너 조심해. 혼나고 싶지 않으면."

"네, 죄송합니다!"

그제야 송지유가 김은정을 풀어주었다.

그때였다. 휴게실 옆 작은 방에서 나이가 지긋한 노파 한 명이 걸어나왔다. 머리는 백발이었지만 노파는 기품이 넘쳤다.

"할머니, 저희 때문에 깨셨어요? 죄송해요."

송지유가 미안한 얼굴을 했다. 그리고 소란의 주동자인 김은정을 흘겨보았다. 곱게 늙은 노파가 고개를 저었다.

"아니에요. 이제 이 늙은이도 좀 도와야 하지 않겠어요?"

"할머니, 제가 부축해 드릴게요."

송지유가 노파의 팔을 부드럽게 잡아주었다. 그리고 조심조심 공방 작업대로 노파를 이끌었다.

"잘 만들었어요. 한 번 가르쳐 준 건데 손끝이 야무지네요, 은정 씨. 가봉만 하면 되겠어요. 잘했어요."

노파가 작업대에 놓인 결과물들을 꼼꼼히 살펴보며 흡족해했다.

　　　　*　　　　　*　　　　　*

　압구정 번화가에 위치한 작은 빌딩 앞에 하얀색 SUV가 멈춰 섰다. 운전석에서 내린 현우가 빌딩 간판을 올려다보았다.

　"돈이 좋긴 좋네."

　창성영화사였다. 충무로 쪽의 허름하고 낡은 건물에 자리 잡고 있던 창성영화사는 '그와 그녀의 흔한 첫사랑'이 천만 영화를 이룩하면서 큰돈을 벌었다. 그리고 얼마 전 강남 압구정으로 이사를 왔다.

　1층 데스크에서부터 직원들이 현우를 알아보았다.

　"어머! 김현우 대표님이시죠?"

　"저희가 안내해 드릴게요!"

　직원 두 명이 현우를 보며 호들갑을 떨었다. 승강기를 타고 3층으로 올라가자 대표실이 보였다. 그리고 벌써 박창준 대표와 김성민 감독이 마중을 나와 있었다.

　"하하! 이야! 못 보던 사이에 더 보기 좋아졌습니다, 김현우 대표님!"

　박창준 대표가 현우의 어깨를 두들기며 반겼다.

　"박 대표님도 보기 좋으신데요? 회사도 옮기시고, 축하드립니다. 그렇게 강남, 강남 하시더니 결국 자리를 잡으셨네요."

"하하, 어울림이 있는 연남동으로 가려다가 폐만 끼칠까 여기로 왔습니다. 그나저나 어울림은 더 잘나가던데요? 엘시 리메이크 앨범도 모자라서 신현우라는 사람까지. 정말 대단합니다, 우리 현우 대표님."

"어쩌다 보니 운이 좋았습니다."

"그렇게 말할 줄 알았습니다. 오늘도 대표님의 운이 따라주겠죠?"

"예, 그래야죠."

"당연하죠! 하하하!"

박창준 대표는 잔뜩 들떠 있었다. 그런 그를 보며 김성민 감독이 어이없어했다.

"형이 상 타? 왜 그렇게 기분이 좋아?"

"야, 성민아. 누가 타는 게 중요하냐? 우리 영화가 초대박을 쳤고 최우수작품상 후보에 올라 있다. 너도 감독상 후보이고 우리 배우들도 줄줄이 후보인데 당연히 내가 기분이 좋지!"

"그건 맞는 말씀이시네요."

"하아, 하여간 형."

현우가 조용히 웃었다. 언제 봐도 사이가 좋은 선후배 사이였다. 그러다 현우가 손목에 차고 있는 시계를 들여다보았다.

"시간이 그리 많지는 않습니다. 제 차 타고 같이 가시죠."

"꼭 저까지 가야 합니까, 현우 씨?"

김성민 감독의 표정이 썩 좋지 못했다. 아니, 어색해 보였다. 박창준 대표가 김성민 감독의 어깨를 툭 쳤다.

"성민아, 시상식이다, 시상식! 너 이러고 갈 거야? 청바지에 코트 하나 입고 가서 상 받을 거냐?"

"왜? 어때서?"

"그건 예의가 아니지! 우리 영화를 봐준 관객들이 자그마치 천만이다, 천만!"

"그렇게 말하면 형, 내가 나쁜 놈이 되잖아."

"하하! 두 분 그만하시고 가시죠."

결국 현우가 두 사람 사이에서 중재를 했다. 이상하게 현우만 나타나면 두 사람은 만담을 벌이곤 했다.

*　　　　*　　　　*

"여기입니다. 들어가시죠."

김성민 감독과 박창준 대표를 이끌고 현우가 청담동 뷰티 숍 몽마르트의 문을 열었다.

"빨리 치수 확인해! 빨리!"

"원장님! 색감 봐주세요!"

"메이크업 끝났습니다! 다음 멤버분!"

문을 열고 들어가자마자 한 폭의 전쟁터 같은 풍경이 펼쳐졌다.

"하아, 이 정도였어?"

현우가 입을 크게 벌리며 놀랐다. 백룡영화제 레드카펫 입장 시간까지 나름 시간이 남아 있는 줄 알았는데 막상 도착해 보니 그게 아닌 모양이다.

원장은 물론 직원들과 김은정까지 모두 정신이 없었다. 현우가 도착한 것도 모를 정도였다. 현우는 천천히 장내를 둘러보았다. 배우로 참석하는 송지유와 서유희를 중심으로 다들 메이크업을 하고 헤어를 만지느라 정신이 없었다.

"대표님, 오셨어요?"

유일하게 이솔이 현우를 반겨주었다. 박창준 대표의 입이 헤벌쭉해졌다.

"i2i 이솔 씨구나? 우리 아들이랑 저랑 팬입니다. 하하!"

"감사합니다, 박창준 대표님. 감독님도 안녕하세요?"

"그래요, 반가워요."

김성민 감독도 인사를 했다.

"김성민 감독님이랑 박창준 대표님이시죠? 두 분 이쪽으로 오시겠어요? 머리부터 감겨 드릴게요."

직원의 안내를 받아 두 사람이 사라졌다.

현우가 이솔을 찬찬히 살펴보았다. 오랜만에 i2i의 교복 무대의상을 입고 있었다. 또 깜찍한 메이크업에 머리 스타일까지, 참 귀여웠다.

"솔이는 준비 다 한 거야?"

"네!"

"오랜만에 무대 서보는 건데 어때? 이런 큰 시상식은 처음이잖아."

"떨리기는 하는데 재밌을 것 같아요."

"그래, 다행이다, 우리 솔이."

현우가 빙그레 웃었다. 무대 공포증을 완전히 극복한 것 같아 마음이 가벼웠다.

"대표님~ 저 어때요?"

배하나가 턴을 하며 다가왔다.

"오호, 새 헤어스타일인가?"

"맞아요! 지유 선배님이랑 똑같은 스타일로 해달라고 했어요! 예쁘죠?"

여배우들처럼 웨이브를 넣은 머리를 하고 배하나가 헤헤 웃고 있었다.

"하나도 예쁘네."

"그렇죠? 무대 기대된다!"

배하나에 이어 준비를 마친 i2i 멤버들이 하나둘 현우에게 다가와 숙제 검사를 받듯 어떠냐고 물어왔다. 그러고는 쪼르르 신현우에게로 향했다.

"삼촌, 저희 어때요?"

이지수가 대표로 물었다.

"예쁘다."

"정말요?"

이번에는 김수정이 물었다.

"정말로."

재잘재잘 말을 걸어도 신현우는 절대 귀찮아하지 않았다. 확실히 딸을 둘이나 둔 베테랑 아빠다웠다.

"대표님! 대표님 차례예요!"

원장이 현우를 찾았다.

"예, 갑니다."

시상자로 초청된 현우도 메이크업을 하고 머리 스타일을 세팅했다. 그리고 미리 골라놓은 턱시도를 입고 나왔다.

"와우, 대표님! 괜찮은데요?"

엘시가 눈동자를 빛냈다. 현우가 머리를 긁적였다. 연예인들 앞에서 주름을 잡는 것 같아 괜히 민망했다.

"뭘 그렇게 부끄러워하세요? 스케치북에서의 그 당당함은 어디로?"

"내가요? 그랬나?"

"김태식 씨, 어깨 펴세요. 턱시도는 어깨 라인이 생명인 거 몰라요?"

머리 스타일을 세팅 중이던 송지유가 거울을 통해 현우를 보며 한마디 했다. 현우는 얼른 어깨를 폈다. 그러고는 신현우의 옆으로 앉았다. 말끔한 턱시도에 머리에 포마드를 바른 신현우는 조각상 같았다.

"우와, 선배님이랑 같이 앉아 있어도 크게 밀리지 않는 것 같아요."

"다연 씨, 저 귀에서 피날 것 같습니다."

"아! 죄송해요!"

엘시가 킥킥 웃었다. 요즘 한창 인터넷에 빠진 신현우가 애플패드를 내려놓고 현우의 무릎에 손을 올려놓았다. 따듯한 온기가 느껴졌다.

"현우야."

"네, 형님."

"고맙다."

짤막한 말이었지만 진심이 느껴졌다. 현우가 살짝 웃었다.

"고맙기는요, 형님이 열심히 하신 결과죠. 그나저나 아깝네요. 지혜랑 시선이가 보면 참 좋아할 텐데요."

"그런 의미에서 제가 두 분 사진 찍어드릴게요."

엘시가 핸드폰으로 현우와 신현우를 찍어주었다.

그때였다. 피팅룸의 문이 활짝 열리며 김은정이 나타났다. 허리에 양손을 척 얹고 자신만만한 표정을 하고 있었다.

"자, 여러분! 거기 김현우, 신현우 아저씨도 주목 좀 해주세요!"

어울림 식구를 비롯한 모든 사람의 시선이 김은정에게로 쏠렸다.

"어울림 엔터테인먼트 소속 스타일리스트인 저 김은정이 선생님과 콜라보를 통해 완성한 신상 드레스를 지금 선보이겠습니다!"

짝짝짝!

i2i 멤버들이 박수를 보냈다.

"거기 김현우 대표님, 박수 소리가 좀 작습니다."

"아, 예!"

현우가 있는 힘껏 박수를 쳤다. 김은정이 만족스러운 얼굴을 했다.

"그럼 지금 공개하겠습니다! 송지유 씨, 서유희 씨, 나와주세요!"

송지유와 서유희가 피팅룸에서 천천히 걸어 나왔다.

"오오! 특이한데요?!"

김철용이 크게 놀랐다. 여기저기에서 다양한 평이 쏟아졌다. 현우도 팔짱을 낀 채로 음미하듯 드레스를 눈에 담았다.

그러더니 조금씩 입가가 한쪽으로 올라갔다. 확실히 의미가 담긴 드레스였다. 그 모습을 보며 김은정이 장난스럽게 입을 열었다.

"이게 어울림 매니지먼트의 드레스죠."

"인마!"

결국 현우가 자리에서 일어났다. 하지만 여기저기에서 웃음이 터질 뿐이었다.

*　　　　　*　　　　　*

오후 6시 30분부터 백룡영화제의 레드카펫이 공중파 TV와 케이블 채널을 비롯한 다양한 온라인 플랫폼을 통해 중계되기 시작했다.

특히 이번 백룡영화제는 평소보다 더 많은 세간의 관심을 모으고 있었다. 올 한해 가요계를 정복했다고 평가를 내려도 과언이 아닌 어울림 엔터테인먼트 출신의 연예인들이 대거 참석했기 때문이다.

언론의 관심도 온통 어울림에 쏠려 있었다. 특히 송지유와 엘시, i2i가 집중적으로 관심을 받고 있었다.

레드카펫에 서서히 배우들이 들어서기 시작했다. 언론과 대중의 이목이 쏠려 있다는 것을 인지한 많은 기획사와 소속 배우들은 특별히 이번 레드카펫에 심혈을 기울였다.

그리고 온라인 플랫폼을 통해 이를 지켜보고 있는 대중들은 이에 전적으로 동감하고 있었다. 드레스와 턱시도 등 특별히 신경을 쓴 티가 역력했다.

유명 여배우부터 시작해 신인 여배우들까지 그야말로 드레스 전쟁이었다. 각양각색의 드레스가 선보여졌다.

한 케이블 채널에서는 전문 패션 디자이너들까지 섭외해서 드레스에 대해 평가를 내리고 있었다.

"강정연 씨의 드레스를 평가해 주시겠습니까?"

"평소의 단아하고 조용한 이미지를 탈피하고 대담하게 핫 레드 드레스를 선택하셨네요. 의도는 좋았어요. 하지만 어깨와 상체 쪽을 과감하게 노출한 건 실수라고 봅니다. 보세요. 상체 쪽이 길어 보이죠?"

"저도 동의해요, 원래 키가 크신 분이 아니죠. 저였다면 상체보단 하체 쪽에 포인트를 주었을 것 같네요."

그리고 더 많은 여배우들이 차례로 레드카펫을 밟았다. 점점 시상식 시간이 가까워지자 케이블 채널 진행자가 조급해하기 시작했다.

"어울림 엔터테인먼트 소속 분들의 모습이 보이지 않는데요?"

"드레스 가봉이 늦어지면 때때로 늦기도 하거든요."

"업계에서는 흔한 일이죠."

온라인도, 현장도 조금씩 뜨겁던 분위기가 수그러들고 있었다. 그리고 그 틈에서 청순가련형의 대표적인 여배우 김세희가 등장했다. 온라인으로 이를 지켜보고 있던 영화 팬들도 관심을 갖기 시작했다.

—김세희다! 김세희!

—김세희? 올해 뭐 나왔나요? 기억이;

—그 뭐지? '심야의 공포'라고 공포 영화 나왔잖아요.

—아, 그거? ㅋㅋ

—ㅋㅋㅋ 그거래. 얼마나 망했으면. ㅋㅋㅋ

—그래도 김세희는 나름 연기 변신 아니었나요?

—그거는 인정합니다. 나름 연기는 좋았어요.

—또 그거래. ㅋㅋㅋ

—근데 예쁘긴 예쁘다. ㅋ

—예쁜데 연기를 좀; 광고나 찍었으면.

—오우야, 몸매;

—천하의 김세희가 노출을?

—그러게요. ㄷㄷ

그리스 여신을 연상시키는 순백의 드레스를 입은 김세희가 레드카펫을 밟기 시작했다. 과감하게 등을 노출한 김세희를 향해 포토 라인으로 몰려와 있던 영화 팬들이 뜨거운 환호성을 보내왔다.

잠잠해진 분위기가 다시 달아오르기 시작했다. 그런데 점점 현장에서의 환호성이 커져갔다. 온라인을 통해 레드카펫을 지켜보고 있던 영화 팬들은 어리둥절했다.

—뭐지? 누구 또 옴?
—헐? 김현우 대표인데요?
—어? 진짜다! 김현우다!
—시상하러 김현우 대표도 초청했다더니 왔나 보네!

온라인보다 현장 반응이 더 폭발적이었다.
"잘생겼다, 김현우!"
"대표님! 사진 찍어주세요!"
"사인! 김태식 대표님! 사인이요!"
여성 영화 팬들의 환호성이 점점 커져갔다.
현우는 친히 팬들에게 다가갔다. 몇 명에게 사인을 해주자 이번에는 셀카 요청이 줄을 이었다.
"셀카요, 셀카! 친구들한테 자랑할 거예요!"
"오케이! 남자 친구 없죠?"
"네! 이제 없어요!"
"예?"

현우가 눈을 크게 떴다. 그러거나 말거나 여성 팬의 가녀린 손이 현우의 어깨를 부여잡았다.

찰칵!

다정한 사진까지 찍어주고 현우는 다시 레드카펫으로 돌아왔다.

하지만 끝난 게 아니었다.

"와아아! 와아아!"

레드카펫 현장이 떠나갈 만큼 거대한 환호성이 터져 나왔다. 일명 봉식이라고 불리는 번호판 1986의 초록색 밴이 현우의 뒤쪽으로 나타났기 때문이다.

―그녀가 왔다. 최종 병기 갓 지유!

―국민 소녀 오셨습니다!

―여왕님 등장! 그분께서 오셨다!

―갓 지유를 찬양하라!

―끝판왕 등장! ㅋㅋ

―???: 송지유 빼고 나 나가 있어! ㅋㅋ

―영원히 고통받는 김현우 대표님. ㅠㅠ

케이블 채널 진행자도 갑자기 생기가 돌았다. 한 시간 넘게 지루하던 찰나였다.

"자자! 드디어 어울림 엔터 쪽 배우분들이 등장하셨습니다. 과연 국민 소녀 송지유와 국민 악녀죠. 요즘 한창 안방마님으로 주가를 올리고 있는 서유희 씨가 어떤 드레스를 선택했는지 볼까요?"

세간의 시선이 초록색 밴 봉식이로 향했다.

턱시도를 차려입은 최영진과 고석훈이 서둘러 봉식이의 문을 열었다. 송지유와 서유희가 동시에 발을 바닥으로 내디디며 우아하게 밴에서 내렸다.

찰나의 순간 정적이 흘렀다.

"저 드레스 뭐야?"

"뭐지? 드레스야?"

케이블 채널 진행자는 물론 패션 디자이너들도 눈을 크게 떴다. 그동안 수많은 시상식을 봐왔고 내로라하는 명품 브랜드의 유명 드레스를 다 꿰고 있지만 난생처음 보는 드레스였다.

"와아아! 와아아!"

현장에서 폭발적인 함성이 쏟아졌다. 레드카펫뿐만 아니라 다양한 매체를 통해 지켜보고 있던 사람들의 시선이 송지유와 서유희에게로 집중되었다.

"역시 어울림 엔터테인먼트네요. 설마 시상식에서 저런 드레스 코드를 선택했을 줄은 상상도 못 했네요. 박수를 보내고 싶어요."

레드카펫 내내 혹평을 하던 유명 디자이너가 처음으로 칭찬하고 있었다.

상상 그 이상의 반응이었다. 송지유와 서유희가 입고 있는 드레스는 외국 명품 브랜드에서 제작한 그런 호화 드레스가 아니었다.

백룡영화제 레드카펫을 실시간으로 생중계하며 드레스를 평가하고 있던 진행자와 유명 디자이너들이 송지유와 서유희에게서 눈을 떼지 못했다.

"최 디자이너님, 정확히 저 옷은 뭐라고 말을 해야 하는 겁니까? 한복 드레스? 퓨전 한복? 뭐라고 해야 할까요?"

"원피스와 드레스를 절묘하게 배합해 놓았어요. 한복이 가지고 있는 익숙함이라는 단점조차 없애 버렸네요. 굉장히 가볍고 산뜻한 느낌이 풍겨요. 그렇지 않나요?"

최 디자이너가 다른 디자이너에게 동의를 구했다.

"그래요. 정말 상상 이상이에요. 제가 보기에는 한복 원피스라고 해야 할 것 같네요. 오늘 시상식을 위해 특별 제작한 드레스라고 생각합니다."

"그럴 거예요. 시중에서 저런 수준의 한복 원피스는 판매하지 않고 있거든요. 과연 누구의 작품일지 디자이너로서 정말 궁금하네요."

"박 원장님 말씀대로예요. 사실은요, 가장 아쉬운 게 해외 명품 브랜드의 드레스 라인이 대체적으로 서양 여성들의 신체 사이즈에 적합하게 디자인되거든요. 현장에서 일을 해보신 분들은 알 거예요. 겉은 화려하고 완벽해 보여도 여배우 한 분의 드레스에 사용되는 고정 핀이 정말 많습니다. 억지로 옷을 몸에 맞추는 거죠. 하지만 저 한복 드레스를 보세요. 동양 여성의 체형에 정말 적합하죠. 그리고 노출이 없어도 여성의 아름다움을 적극적으로 강조하고 있다고 봅니다. 저 어깨 라인을 보세요. 정말 곱지 않나요?"

"동양적인 곡선미뿐만이 아니에요. 저고리를 길게 늘어뜨려 자칫 단순해 보일 수 있는 한복 원피스에 포인트까지 주었네요. 퓨전을 시도했지만 동양적인 포인트를 놓치지 않은 거죠. 색감도 보세요. 천연 염색으로만 표현할 수 있는 저 아름다운 색감을요."

지금까지 연신 혹평을 쏟아내던 디자이너들이 송지유와 서유희의 한복 드레스에 연달아 호평을 쏟아냈다.

송지유는 무릎 조금 아래까지 오는 짙은 파란색 치마에 위로는 그보다 더 진한 남색의 저고리로 색감을 더했다. 그리고 한복 특유의 Y 자 하얀색 목깃이 색감에 정점을 찍고 있었다.

이목구비가 뚜렷한 송지유가 어둡고 깊은 색감을 선택했다면 서유희는 반대였다. 자주색과 주황색이 섞인 밝은 색깔의

치마에 작은 회색 꽃무늬가 촘촘히 박힌 연한 상아색 저고리를 입고 있었다. 특징이 있다면 허리춤을 묶고 있는 고름이 길게 곡선을 그리며 내려와 있다는 것이다.

그리고 공통적인 특징이 있었다. 하이 웨이스트 스타일로 치마를 입혀놓았다는 것이다. 허리 라인이 상당히 위로 고정되어 있었다. 한복 특유의 미를 더욱 강조한 것이다.

"허리 라인을 강조하고 다리가 길어 보이는 느낌을 주고 있어요. 또 굉장히 영한 느낌도 주고 있네요. 정말 작품이네요."

현장에서의 반응도 어마어마했다. 기자들뿐만 아니라 영화 팬들까지 플래시를 쉴 새 없이 터뜨렸다.

"갓 지유! 예쁘다!"

"예뻐요! 지유 언니!"

"서유희도 예쁘다! 최고다!"

호평은 온라인상에서도 이어졌다.

─와아, 저런 한복 원피스는 어디서 파나요? 여자 친구 사주고 싶다. 물론 여자 친구는 없습니다. ㅠㅠ

─어울림은 절대 평범하지 않음. 이런 식으로 또 놀라게 함.

─저런 한복 드레스는 어디서 구했지? 생전 처음 봄.

─직접 제작한 느낌이 나는데요?

─그런 듯. 저런 게 있었으면 진작 길거리에서 봤겠지. 아니면

연예인 중에 누가 벌써 입고 나왔거나. ㅋㅋㅋ

　─오늘 대놓고 노출한 여배우들, 단체로 부들거릴 듯. ㅋㅋㅋ

　─ㅇㅈ;

　─근데 한복이 이렇게 아름다운 옷이었나? 드레스보다 나음.

　─송지유랑 서유희 단아한 거 보소;

　─색감이 좋네. 외국 드레스는 죄다 하얀색, 아니면 검은색, 아니면 빨강뿐.

　─베스트드레서는 송지유랑 서유희인가?

　─그렇죠. 눈들이 있다면요. ㅋㅋㅋ

　─저거 사고 싶다. ㅠ

　─저도요. ㅠ

　─어디서 팔까요? 궁금함.

　기자들과 영화 팬들을 향해 손을 흔들어주던 송지유와 서유희가 조금씩 걸음을 옮겼다. 그리고 기다리고 있던 현우의 팔을 하나씩을 붙잡고 팔짱을 꼈다.

　이어 레드카펫을 걷기 시작했다.

　"와아아!"

　남자 팬들의 함성이 쏟아졌다. 그리고 현우에게로 시선이 마구 꽂혀들었다.

　"오늘 수명 좀 늘겠는데?"

레드카펫을 걸으며 현우가 말했다. 그리고 현우의 예상은
빗나가지 않았다.

—김현우, 진짜 오늘 따라 왜 이렇게 싫지?

—김태식, 하아! 송지유도 모자라 서유희까지. ——

—김발놈.

—ㅋㅋㅋㅋㅋㅋㅋㅋㅋ 김발놈?

—김현우+xx놈. ㅋㅋㅋㅋ

—얼마나 화가 났으면 김발놈. ㅋㅋㅋ

—짧고 강하네. 김발놈. ㅋㅋㅋ

—아무튼 김현우 부럽다. ㅠㅠㅠ

—부럽습니다, 김발놈

어느 누군가가 홧김에 두드린 단어가 큰 파장을 낳고 있었
다.

"내 욕 많이들 하나 본데? 왜 이렇게 귀가 간지럽지?"

현우가 혼삿말을 중얼거렸다. 그런데 송지유가 현우의 팔을
살짝 꼬집었다. 그러곤 웃는 얼굴로 복화술을 했다.

"집중하고 걸어요. 레드카펫인 거 잊었어요?"

"오케이. 유희도 미안."

"아니에요, 오빠."

서유희가 방긋 웃었다.

마침내 현우와 송지유, 서유희가 포토 라인 앞으로 섰다. 기자들이 대놓고 플래시를 터뜨렸다. 현우는 기자들이 편히 사진을 찍을 수 있도록 슬쩍 옆으로 비켜주었다.

"송지유 씨, 허리에 손 좀 얹어주세요!"

"조금만 웃어주세요!"

"서유희 씨랑 다정하게 서주시겠습니까?"

국민 소녀 송지유였다. 그리고 서유희도 요즘 시청률 견인을 하며 악녀 연기로 인기를 얻고 있었다. 다른 여배우들보다 유난히 오래 기자들이 사진을 찍어댔다.

그때였다. 뒤쪽에서 또 한 번 환호성이 터졌다. 현우가 피식 웃었다.

"왔구나."

어울림을 상징하는 초록색 밴과 스프린터가 연이어 들어섰다. 그리고 차례로 문이 열리며 엘시와 i2i 멤버들이 모습을 드러내었다.

송지유에 이어 엘시와 i2i까지 나타나자 레드카펫 현장은 그 어느 때보다도 열기가 뜨거워졌다. 그리고 엘시와 i2i 멤버들의 중심으로 훤칠한 체격의 남자가 나타났다.

신현우였다.

"뭐, 뭐야? 저렇게 잘생겼어?"

"신현우야? 대박!"

"와, 진짜 잘생겼다!"

여기저기에서 감탄이 쏟아졌다. 그리고 신현우를 중심으로 엘시와 i2i 멤버들이 레드카펫을 밟기 시작했다.

"꼬부기! 사랑해!"

"배하나! 여기 좀 봐라!"

"빵빵 듀오! 영원해라!"

"엘시! 힘내라!"

"응원합니다!"

"엘시 최고다!"

"김현우 길만 걷자! 엘시야!"

특히 엘시를 향해 엄청난 격려가 쏟아졌다.

"감사합니다! 감사합니다! 여러분!"

엘시가 일일이 손을 흔들어주며 감사를 표시했다.

"김현우 대표님! 엘시 씨랑 i2i 멤버분들과도 사진 남겨주시죠!"

"아예 어울림 엔터테인먼트 단체 사진은 어떨까요?"

"그게 좋겠습니다!"

"차라리 그렇게 하죠!"

어느 기자의 제안에 다른 기자들도 반색했다. 이런 대형 공식 석상에서 송지유를 비롯해 엘시나 i2i 멤버들을 한 사진

안에 담을 수만 있다면 확실히 화제가 될 수 있었다.

"그럼 그렇게 할까요?"

현우가 씩 웃었다. 다 같이 사진을 한 장 남겨도 나쁠 것 같지는 않았다. 그사이 엘시가 조금 빠른 걸음으로 레드카펫을 밟고 있었다. 어느새 종종걸음으로 다가온 엘시가 현우의 팔에 쏙 팔짱을 꼈다.

그리고 i2i 멤버들을 향해 소리쳤다.

"선착순 한 명!"

"앗! 선배님! 치사해!"

"야! 배하나! 뛰지 마!"

"싫거든!"

유지연의 만류에도 배하나를 비롯해 i2i 멤버들이 현우를 향해 뛰기 시작했다. 진풍경이 벌어졌다. 영화 팬들과 기자들이 웃음을 터뜨렸다.

엘시의 장난에 현우도 잠시 당황했다. 그때 왼쪽 팔에서 체온이 느껴졌다. 슥 고개를 돌려보니 배하나였다. 먹성 좋은 배하나는 운동신경도 좋았다.

"내가 일등!"

"야! 돼지야!"

"왜 이렇게 힘이 세? 배하나, 나와!"

"싫어! 이 호빵아!"

i2i 멤버들이 배하나를 떼어내려 했다. 하지만 배하나가 힘으로 버텨냈다.

"녀석들아! 여기 포토 라인이다!"

현우가 이마를 짚었다. 공식 석상이다. 영화 팬들도 기자들도 그저 귀엽다며 웃음을 짓고 있었지만 현우는 왠지 불길했다.

i2i의 팬덤이 워낙에 무서웠기 때문이다. 현우가 난감해하자 엘시가 의미심장한 미소와 함께 조용히 입을 열었다.

"줄 서. 그럼 되잖아?"

엘시가 단번에 교통정리를 했다.

*　　　　*　　　　*

어울림 엔터테인먼트가 중심이 되었던 레드카펫 순서가 끝나고 오후 8시 20분이 되었다. 시상식 시작 전까지 시간이 그리 많이 남지 않은 상황이다. 레드카펫을 밟은 배우들이 하나둘 지정석으로 앉기 시작했다.

'내가 왜 괜히 떨리지?'

지정된 좌석으로 향하며 현우는 긴장을 머금었다. 반면 송지유는 전혀 떨지 않고 있었다. 역시 송지유였다. 반면 서유희는 양 볼이 붉게 상기되어 있었다. 현우의 팔을 붙잡고 있는

손으로 점점 더 힘이 들어갔다.

　두 사람의 한복 드레스를 향해 시상식장에 모인 여러 배우들의 시선이 쏟아졌다. 여배우 중에서는 한숨짓는 경우도 있었다.

　"송지유구나."

　"예쁘긴 하네, 선배."

　"실물이 더 낫다."

　송지유를 보며 남자 배우들이 수군거리기도 했다. 배우들 사이에서도 송지유는 탑스타로서의 위용을 뽐내고 있었다.

　괜히 현우가 으쓱할 정도였다. 그리고 현우도 배우들에게 나름 관심의 대상이 되고 있었다. 당연했다. 젊을뿐더러 능력을 인정받은 연예 기획사 대표였다.

　특히 여배우들의 시선이 현우에게로 모아졌다.

　"안녕하세요, 김현우 대표님?"

　좌석을 지나가는데 마침 눈이 마주친 여배우 중 한 명이 당돌하게 현우에게 말을 걸어왔다. 연기파 배우로 유명한 배우 정아진이었다.

　"아, 예. 김현우입니다. 정아진 씨죠?"

　"어? 저 아세요?"

　"당연히 알죠. 정아진 씨인데요."

　"자상하시네요."

"예?"

기승전결 없는 말에 현우가 눈을 크게 떴다.

"레드카펫 잠깐 봤어요. 소속 연예인분들이랑 사이가 좋으신 것 같아요."

"네, 그렇죠, 뭐."

"안녕하세요, 대표님. 신인 배우 김아름입니다. 저 대표님 팬이에요."

신인 여배우 한 명이 대화에 껴들며 눈웃음을 쳤다.

"팬까지요? 하하! 감사합니다."

그런데 왼쪽 팔에서 압력이 느껴졌다. 송지유가 은근히 현우를 잡아끌고 있었다. 스멀스멀 냉기도 느껴졌다.

정아진이 다시 입을 열었다.

"다음에 언제 뵈어요. 저 플래시즈 소속이에요. 기혁 오빠가 전 매니저였어요."

"이기혁 실장님이요? 예, 알겠습니다. 그럼."

현우는 정중하게 인사한 다음 송지유와 서유희를 따라 지정된 좌석 쪽에 당도했다.

"좋았어요?"

"응? 뭐가?"

"여배우들이 관심 가져주니까 좋았어요?"

"전혀. 내 눈에는 지유 너랑 유희밖에 안 보인다. 여배우 한

트럭 태우고 여기 오라고 해봐. 내가 어디 눈 한번 돌리나."

그런데 그 말과 동시에 현우의 눈이 돌아갔다. 현우의 앞으로 김세희가 지나가며 살짝 눈웃음으로 인사를 대신하고 있었다.

"그 눈 한번 참 잘 돌아가네요."

"아, 아니, 김세희 씨는 아는 사람이잖아, 아는 사람."

"알았어요, 김태식 씨."

"풋."

결국 서유희가 작게 웃었다.

지정된 좌석에 '그그흔'의 남자 주인공이던 송민혁과 여자 주인공 중 한 명이던 진세영이 앉아 있었다. 현우가 나타나자 두 배우가 얼른 자리에서 일어났다.

"형, 왔어요?"

"민혁이, 오랜만이다?"

현우가 송민혁의 어깨를 두들겼다. 몇 번 김성민 감독과 함께 술자리에서 만났고 친분을 쌓았다. '그그흔'으로 단번에 인기 배우가 되었지만 송민혁은 독립 영화판 시절 그대로였다. 고급 위스키보다는 아직도 대폿집에서 김성민 감독과 함께 소주를 즐겨 마셨다.

요즘 들어서는 현우에게 연락도 잦았다.

현우의 시선이 이번에는 진세영에게로 향했다. 양어깨를 노출한 연분홍빛 드레스를 입은 진세영이 현우를 빤히 보고 있었다.

"세영 씨도 잘 지냈어요?"

"대표님 덕분에요. 유희 씨, 축하해요. 드라마 잘 보고 있어요."

"네? 네, 고마워요, 세영 씨."

둘 사이에 어색한 기류가 흘렀다.

진세영과 서유희는 관계가 묘했다. 서유희를 방치하다시피 하던 플래시즈 엔터테인먼트였다. 진세영은 나름 신경을 써준다고 썼지만 그렇다고 또 적극적으로 서유희를 챙겨준 것도 사실 아니었다.

그때만 해도 진세영은 공주였고 서유희는 하녀 수준이었다. 그런데 어울림으로 이적하고 시간이 흐르면서 서유희의 입지가 달라졌다. '그그혼'을 통해 충무로의 떠오르는 신성으로 큰 주목을 받고 있었고, MBS에서도 연민정 역할을 하며 큰 인기몰이를 하고 있었다. '신(新) 콩쥐팥쥐전'도 서유희의 열연에 힘입어 시청률 35%를 놀파한 상황이었다.

길거리를 다니면 서유희를 몰라보는 사람들이 거의 없을 정도였다. 사실상 '그그혼'에서도 서유희의 연기를 향한 찬사만 있었지 진세영은 그다지 언급이 잘 되지 않았다. 그래서 그런지 진세영의 표정이 복잡 미묘했다.

그리고 현우는 이기혁 실장에게 플래시즈 쪽 상황을 들었다. 서유희를 방치하고 홀대한 배우 매니지먼트 1팀에게 대대적인 중징계가 내려졌다는 것이다.

'그럴 만도 하지. 차세대 정도연이라고 불리는 게 우리 유희인데.'

은근히 고소했다.

서유희와 진세영 사이에 흐르는 어색함을 눈치챈 송민혁이 서둘러 입을 열었다.

"지유 씨는 볼 때마다 리즈 갱신이구나. 오늘 드레스도 훌륭하고 기사 또 엄청 나겠다. 그렇죠, 형?"

"그럴 거야. 근데 나 오늘 인터넷 안 하려고 한다."

"하하! 형 아마 욕 엄청 먹었을걸요. 잠깐 핸드폰 봤는데 형 별명 생겼어요."

"별명? 뭔데? 말해봐."

등골이 서늘했다.

"그게 제 입으로 말하기가 좀… 그래요, 형."

송민혁이 조금은 곤란해했다.

"그래? 나쁜 거야?"

"그게 나쁜 건 아닌데요, 그렇다고 말하기도 좀……."

"내가 확인해 보지, 뭐."

현우가 급히 턱시도 안주머니에서 핸드폰을 꺼냈다. 아직 시상식 전이라 잠깐은 괜찮았다.

기사를 보려는데 저쪽에서 김성민 감독과 박창준 대표가 걸어왔다. 현우를 발견한 박창준 대표가 크게 웃기 시작했다.

"하하! 대표님, 김발놈이라는 말 들어보셨습니까?"

"예? 김발놈이요?"

현우는 급히 아무 기사나 들어가서 댓글을 살펴보았다.

─김현우, 송지유에 엘시, i2i, 서유희까지, 자랑하려고 레드카펫 밟은 거냐? 꼭 그래야만 속이 후련했냐, 이 김발놈아?

─김발놈아, 우리 꼬부기랑 지수좌랑 사진 찍어서 좋았냐? 엉?

─김발놈. ㅋㅋ

─오늘부터 김태식 ㄴㄴ 김발놈 ㅇㅇ

─오늘부터 i2i 팬덤의 적은 김발놈이다! 진격하라!

─김발놈아! ㅋ

현우가 눈썹을 찌그러뜨렸다.

"이거 설마… 그 욕은 아니죠?"

"맞습니다. 하하!"

"하아, 내 이럴 줄 알았다."

현우가 헛웃음을 흘렸다. 다들 반 농담으로 하는 말이라 별로 기분은 나쁘지 않았다. 그런데 김태식이니 김발놈이니

어째 별명들이 죄다 웃겼다.

"일단 앉죠, 현우 씨. 좋게 받아들여요. 애칭 아닙니까, 애칭?"

오죽하면 남에게 무신경한 김성민 감독이 현우를 위로할 정도였다.

＊　　　＊　　　＊

백룡영화제의 진행자는 연기파 배우이자 베테랑 배우인 유범진과 이수회가 맡게 되었다.

"안녕하십니까? 유범진입니다! 영화인 여러분! 환영합니다!"

"이수회입니다! 아름다운 밤이네요!"

배우들로부터 박수가 쏟아졌다.

"많이, 그리고 오래 기다리셨습니다. 우리 영화인의 밤을 위해서 오늘 특별한 뮤지션 한 분이 방문해 주셨습니다. 수회 씨?"

"네! 더 설명이 필요한가요? 아이돌의 왕!"

무대 위로 스모키 화장을 한 엘시가 모습을 드러내었다. 첫 솔로 곡이자 아직까지도 음원 차트를 석권하고 있는 'Rain Spell'의 전주가 흘러나오기 시작했다.

검은색 의자에 앉은 엘시가 검은색 스탠딩 마이크를 한 손으로 쥐었다.

엘시의 호소력 짙은 보이스가 경한대학교 평화의 전당으로 울려 퍼지기 시작했다.

어울림 엔터테인먼트 소속 가수인 엘시의 축하 공연으로 영화인의 축제가 그 성대한 막을 열고 있었다.

"……."

현우는 팔짱을 낀 상태로 객석에 앉아 있는 배우들을 둘러보았다.

엘시의 호소력 짙은 목소리에 배우들도 집중하고 있었다.

그러다 카메라가 현우를 잡았다.

평화의 전당 무대 뒤에 설치된 거대한 스크린으로 현우의 얼굴이 떠올랐다.

"오빠, 웃어요."

송지유가 얼른 현우에게 속삭였다.

"나?"

"네, 오빠 나왔잖아요."

뒤늦게 현우가 스크린을 확인했다. 당황스러웠지만 현우는 곧 은은한 미소를 머금었다.

엘시의 무대는 절정을 향해가고 있었다.

엘시가 노래를 부르는 내내 카메라는 현우를 중심으로 잡고 있었다. 현우와 엘시 간의 일화를 조명해 주는 것 같았다.

그리고 엘시의 무대가 끝이 났다. 엘시가 객석을 향해 손을 흔들었다.

"제 노래를 들어주서서 감사합니다! 엘시, 많이 사랑해 주세요! 그리고 우리 어울림 식구들도 많이 사랑해 주세요, 여러분!"

엘시는 쾌활했다. 배우들로부터 뜨거운 기립박수가 쏟아졌다.

진행을 맡고 있던 유범진이 다시 마이크를 잡았다. 그러면서도 무대 밑으로 내려가고 있는 엘시에게서 눈을 떼지 못했다.

"정말이지, 너무 훌륭한 노래 잘 들었습니다. 감동이고 영광이었습니다."

"평소 엘시 씨 팬으로 유명하시죠, 유범진 선배님?"

같이 진행을 보고 있던 여배우 이수희가 말했다.

"하하! 네, 그렇습니다. 뭐랄까, 직접 두 눈으로 엘시 씨를 보니까 감회가 새롭네요. 그리고 조금 전에 카메라가 김현우 대표님을 잡아주셨는데 전 세계 1,000만 엘시 팬들을 대표해서 제가 감사드리겠습니다. 아마 저랑 같은 심정들일 겁니다."

카메라가 다시 현우를 잡았다. 현우가 유범진을 향해 손을 흔들어주었다. 유범진이 소주를 들이켜는 시늉까지 해 보였다. 현우가 쓰게 웃었다.

여기저기에서 배우들도 웃음을 터뜨렸다. 엘시의 수준 있는 무대를 시작으로 분위기는 화기애애했다.

"그럼 뒤이어 국민 아이돌 그룹이죠? i2i 여러분의 축하 공연을 이어가겠습니다!"

현우에게 눈짓을 보내고 있는 유범진 대신 여배우 이수희가 진행을 했다. 박수와 함께 i2i 멤버들이 무대로 자리를 잡았다. 프아돌이 낳은 최고의 히트곡이자 더블 타이틀곡인 '소녀는 무대 위에'의 전주가 흘러나왔다.

그리고 TV나 온라인 플랫폼으로 많은 대중들이 영화제의 개막 축하 공연을 지켜보고 있었다. 온라인 플랫폼에서는 실시간으로 채팅이 빠르게 올라갔다.

ㅡ엘시 라이브 지렸다!

ㅡ레인 스펠은 언제 들어도 명곡임. 좋다, 좋아.

ㅡ배우들도 몰입해서 들었음. 하긴 뭐 노래가 좋으니.

ㅡi2i다! i2i도 공연함? 레드카펫만 서는 거 아니었음? ㄷ

ㅡ엘시랑 i2i가 연달아 공연을 하다니 굿이다. ㅋㅋ

ㅡ영화제 측에서 준비 잘한 듯. ㅋㅋ

ㅡ엘시랑 i2i 때문인지 이번 영화제는 풍성하게 느껴짐. ㅋㅋ

ㅡㅇㅈ 역대급 축하 공연! ㅋ

—송지유는 축하 공연 안 하나요? ㅎ

—여배우 자격으로 참가했으니 안 할 듯.

—아쉽다. 그래도 엘시랑 i2i에 만족!ㅋㅋ

—ㅇㅇ 만족들 합시다.

대중들도 이번 영화제의 축하 공연이 역대급이라며 연이어 호평을 보내오고 있었다.

'좋네.'

현우도 뿌듯한 표정을 지었다. 이 거대한 영화제의 개막 축하 공연을 어울림 엔터테인먼트 소속의 가수들이 화려하게 장식하다니 감회가 새로웠다.

배우들의 반응은 이번에도 좋았다. 엘시의 노래에 진중하고 무거운 분위기가 연출되었다면 i2i의 발랄한 무대엔 몇몇 남자 배우들이 자리에서 일어나 박수를 보내는 진풍경이 펼쳐졌다. 국민 아이돌 그룹의 등장에 젊은 남자 배우들은 눈을 반짝였다.

특히 송민혁이 압권이었다. 평소 현우에게 i2i의 팬이라며 밥 먹듯이 말하더니 고개를 흔들며 i2i의 무대를 즐기고 있었다.

"형, 뭐 하세요? 대표님이?"

갑자기 송민혁이 현우의 팔을 잡아끌었다.

"난 됐다, 민혁아."

"그런 게 어디 있어요? 대표님이잖아요."

"김발놈도 모자라서 별명 또 생긴다니까?"

"일어나세요. 저 혼자 창피하잖아요. 어서요, 형!"

"야, 미, 민혁아!"

결국 현우가 송민혁에게 이끌려 자리에서 일어났다.

결국 현우는 피식 웃어버렸다. 현우는 박수를 보내며 송민혁을 따라서 리듬을 탔다. 익숙하게 리듬을 타는 송민혁과 다르게 현우는 어쩐지 어색하기만 했다.

"형, 혹시 클럽 이런 데 안 가보셨어요?"

"갑자기 클럽은 무슨 클럽이야? 넌 그럼 클럽 다녔냐? 제법인데?"

"뮤지컬 공부한 사람이잖아요. 이 정도 리듬은 타야죠."

주변에 앉아 있던 배우들이 현우와 송민혁을 보며 웃음을 터뜨렸다. 현우와 인사를 나눈 여배우들도 입을 가리고 신기한 표정으로 현우를 쳐다보고 있었다.

현우와 송민혁을 향해 호의적인 시선을 보내는 배우들이 더 많았지만, 몇몇 배우는 불편한 기색을 내비치고 있었다. 권위 있는 영화제라는 생각에서였다.

현우는 그런 그들을 보며 그냥 웃어넘겼다. 배우들의 꿈인 아카데미 시상식에서는 70살이 넘은 전설적인 배우들도 초청 가수의 노래에 춤을 추곤 했다. 그런데 유독 한국 시상식만 분위기가 딱딱하고 어두웠다.

그나마 엘시와 i2i가 초대 가수로 초정을 받았기에 망정이지 다른 가수들이었으면 장례식장 같은 분위기가 연출되었을 것이다.

"……."

송지유도 살짝 주변을 살펴보았다. 50살이 넘은 유명 배우 한 명이 현우를 보며 고개를 젓고 있었다. 순간 송지유의 얼굴이 차가워졌다. 일말의 고민도 없이 송지유가 객석에서 일어났다. 덩달아 서유희도 일어났다.

"지유야?"

리듬을 타며 박수를 보내고 있던 현우가 눈을 크게 떴다. 송지유가 현우를 보며 입을 열었다.

"오빠 창피할까 봐 일어나 준 거예요."

"고맙다. 역시 송지유."

현우가 작게 웃었다.

그리고 지금껏 여왕미를 내뿜고 있던 송지유까지 자리에서 일어나자 배우들이 술렁였다. 지금 이곳에서 송지유보다 핫한 스타는 존재하지 않았다. 그런데 가장 핫한 스타가 자리에서 일어난 상태였다.

"성민아, 우리도 가자."

"하아, 이거 참."

"뭐 해? 너만 앉아 있을 거야?"

"저는 먼저 일어날게요, 감독님."

진세영을 비롯해 박창준 대표가 객석에서 일어났다. 결국 김성민 감독까지 일어나야 했다. 그리고 카메라가 급히 현우 일행 쪽을 잡아주었다.

"언니들! 저기 봐요! 우리 대표님 춤춘다!"

춤을 추고 있던 전유지가 멤버들에게 소리쳤다. i2i 멤버들의 시선이 객석으로 향했다. 그리고 다들 깜짝 놀랐다.

"대표님 춤 진짜 못 춘다!"

"야, 다음 노래 너야! 웃지 마, 배하나!"

유지연이 파트를 받기 전에 배하나에게도 주의를 주었다.

i2i 멤버들이 웃음기를 머금은 채 무대를 소화하고 있었다. 그 어느 때보다도 생기가 넘쳤다. 춤도 노래도 평소보다 더 파이팅이 넘쳤다.

현우 일행 쪽을 향해 멤버들이 사랑의 화살과 하트를 연달아 보냈다. 즉흥 퍼포먼스였다.

그리고 온라인 플랫폼도 난리가 났다.

—저기요? 김현우 씨? 지금 춤추는 거? ㅋㅋ

—김현우. ㅋㅋㅋㅋ 춤 진짜 웃겨. ㅋㅋㅋ

―로봇 춤. ㅋㅋㅋ 저거 흑역사로 남을 텐데? ㅋㅋ

―캡처들 하세요! 지금입니다!

―로봇 연기도 아니고 로봇 춤. ㅋㅋㅋㅋ

―대표님, 미안해요. 지켜주지 못할 것 같아요. ㅠㅠ

―더 이상 김현우 당신을 지킬 수가 없습니다.

―갓 치유 등판! ㅋ

―송지유도 일어났어?! 대박!

―서유희랑 진세영도 일어남. ㅋㅋ

―김성민 감독님 표정 봐. ㅋㅋㅋ

―뭐 하지? 다들 왜 앉아만 있어? 진짜 놀 줄 모르네.

―송민혁. ㅋㅋ 나비효과. ㅋ

―근데 i2i 멤버들도 신남. ㅋㅋ 하트 보내고 난리 났다!

―축하 공연부터 어울림이 하드 캐리. ㅋㅋ

온라인뿐만 아니라 평화의 전당을 찾은 영화 팬들도 뜨거운 함성을 보내오기 시작했다.

배우라는 자존심 때문에 차마 일어서지 못하고 있던 배우들이 하나둘 분위기에 이끌려 자리에서 일어나고 있었다.

축제였다. 마치 영화의 한 장면을 보는 것 같았다. 엘시 팬이라는 유범진은 아예 안무까지 따라 하고 있었다.

열정적이던 i2i의 무대가 끝이 나고 멤버들이 엔딩 포즈를 잡았다. 그런데 별안간 배하나가 마이크를 들고 무대 쪽으로 다다다 달려왔다. 그리고 입을 열었다.

"대표님, 저도 좀 예뻐해 주세요! 알았죠?"

평소 현우가 이솔만 예뻐한다며 착각 아닌 착각을 하고 있는 배하나였다. 그때였다.

쿵!

급히 뒤로 돌려다가 발이 엉켜 배하나가 대자로 고꾸라졌다.

"망했다."

배하나가 밀려오는 부끄러움에 차마 고개를 들지 못했다. 여기저기에서 폭소가 터졌다. 현우가 이마를 짚었다. 그리고 얼굴이 벌게졌다. 조금 전 춤을 췄을 때보다 배하나의 행동이 더 창피했다.

"저 덜렁이 저거! 하아!"

걱정도 되고 웃기기도 했다. i2i 멤버들이 배하나를 질질 끌고 사라졌다.

*　　　　　*　　　　　*

영화제 시상식 1부가 끝이 났다. 무대 뒤에 서서 현우는 급히 핸드폰 전원을 켜보았다. 벌써 조금 전 해프닝을 놓고 기사가 올라와 있었다.

[백룡영화제 역대급 축하 공연! 엘시, i2i 출격!]
[i2i 축하 공연 큰 화제! 어울림과 함께 춤을!]
[i2i 멤버 배하나, 공연 중에 넘어져 큰 웃음!]

─ㅋㅋㅋㅋㅋㅋ 넘어졌어!

─ㅋㅋㅋ 여러모로 진짜 역대급 공연이다. ㅋㅋ

─배하나 진짜 귀엽다! 귀여워!

─넘어진 거 짤, 여기저기 올라올 듯. 짱 귀여움. ㅎㅎ

─김현우 대표의 로봇 춤과 배하나의 꽈당 콜라보! ㅋㅋ

─근데 김현우 대표님이 편애하는 멤버들이 있다더니 소문이
진짜였나?

─편애 유력 멤버: 김수정, 유지연, 이솔, 서아라?

─배하나랑 이지수랑 유명한 사고뭉치니까. ㅋㅋ

─그 얼마 전에 송지유 팬 카페도 레전드였음. 배하나랑 릴리
선생님이랑. ㅋ

─아, 이번 영화제 볼 거 진짜 많아. ㅋㅋ

─어울림 나와서 재밌는 거 같아. ㅋㅋ

─울림이로서 뿌듯합니다. 흐흐.

"하아!"

현우가 한숨을 내쉬었다. 대중들은 역대급 개막 축하 공연이었다며 기뻐하고 있었지만, 커뮤니티마다 춤을 추는 장면이 돌아다닐 생각을 하니 막막했다.

'나 장가는 갈 수 있을까?'

진심으로 걱정되었다. 집에서 어머니도 아버지와 함께 시상식을 보고 있을 것이 분명했다. 괜스레 죄송했다.

그러다 현우의 시선이 다른 기사로 향했다. 이번 영화제에 언론과 대중의 이목이 쏠린 만큼 기사들이 빠르게 올라오고 있었다.

[즐기는 자, 즐기지 못하는 자, 그리고 그걸 보는 우리]

"음."

i2i의 축하 공연을 보며 무표정, 혹은 불편한 기색을 내비치고 있는 몇몇 배우들의 모습이 사진과 함께 올라와 있었다. 그리고 벌써 댓글이 수도 없이 달려 있었다.

―우리나라 좀 배우자; 영화제면 말 그대로 축제 아닌가? 잘나가는 국민 아이돌 데려다놓고 뚱한 표정으로 있을 거면 왜 불렀지? 그리고 김현우 대표님 춤추는데 뒤에서 한숨 쉬고 있는 거 실화입니까? 저기요? 실명은 거론 안 하겠습니다. 김현우 대표님이

바보라서, 체면 없어서 저렇게 춤추는 줄 알아요? 영화제 보는 우리 같은 평범한 사람들 편하게 웃으라고 그러시는 건데 너무들 하네요. (공감 3,214/비공감 218)

ㅡ돈 받고 자기들 바보 연기 하는 건 박수받을 일이고 영화제에서 가수들이 열심히 공연하는 거 보면서 그딴 표정 짓는 건 뭐지, 대체? ㅋㅋ 동업자 정신 좀 가지자, 제발. (공감 3,091/비공감 407)

ㅡ아니, 송지유도 춤추고 박수 치는데 우아하게 자리 지키는 여배우들 뭐임? 니들이 송지유보다 스타임? 예쁨? (공감 2,457/비공감 461)

ㅡ불편한 배우분들 목록입니다. ㅇㅇㅇ 씨, ㅇㅇㅇ 씨, ㅇㅇㅇ 씨, ㅇㅇㅇ 씨. 조심하세요. 한순간에 훅 갑니다. (공감 2,188/비공감 377)

현우 역시 몇몇 배우의 태도를 보며 아쉽기는 했다. 생판 모르는 배우들 앞에서 몸을 흔들며 박수를 치는 건 절대 쉬운 일이 아니었다.

하지만 대중들의 반응은 정말이지 살벌했다. 배우들의 실명까지 거론되고 있었다.

"이거 괜히 미안해지네."

축하 공연을 즐기는 것 또한 개인의 자유였다. 현우도 불편한 기색을 비치던 배우들을 옹호하고 싶지는 않았다. 하지만 생각보다 비난 여론이 뜨겁게 들끓고 있었다.

"대표님이 뭐가 미안하세요? 어울림 엔터테인먼트가 워낙에 큰 사랑을 받고 있으니까 그런 것 아닐까요? 너무 신경 쓰지 마세요, 대표님."

뒤쪽에서 나긋나긋한 목소리가 들려왔다. 김세희였다. 김세희가 현우를 보며 환한 미소를 짓고 있었다.

'이 여자 뭐지?'

현우는 살짝 이상한 기분이 들었다. 처음 촬영장에서 봤을 때만 해도 안하무인에 철없는 여배우란 생각을 했다. 그런데 오늘은 그리스 여신처럼 드레스를 입어서 그런지, 아니면 무슨 심경의 변화가 있었는지 전혀 다른 모습을 보여주고 있었다. 사실 지난번부터 그랬다.

"김현우 대표님, 김세희 씨, 준비해 주세요."

"예, 알겠습니다."

현우는 영화제 스태프를 향해 고개를 끄덕여 주었다.

김세희가 현우의 옆으로 다가왔다. 향긋한 향수 냄새가 풍겨왔다. 김세희가 스르륵 현우에게 팔짱을 꼈다. 아직 시상 전인지라 현우는 당황스러웠다. 은근히 노출이 있는 드레스를 입고 있어 현우는 눈을 둘 곳이 없어 난감했다.

하지만 김세희는 개의치 않았다. 오히려 은근히 말을 걸어왔다.

"떨리세요? 시상식은 처음이시죠?"

"뭐, 처음이라 조금은 떨리네요."

"저만 믿으세요. 저 이런 거 잘해요."

"아, 네. 그럼 믿겠습니다."

"어머, 잠시만요."

김세희가 별안간 현우에게 밀착했다. 그리고 나비넥타이를 향해 손을 뻗었다.

"뭐 하시는 겁니까?"

현우가 조금 얼굴을 찌푸렸다. 김세희는 태연했다.

"넥타이가 삐뚤어져 있어서요. 이제 됐어요."

김세희는 언제 그랬냐는 듯 현우에게서 떨어졌다.

'왜 이래, 오늘?'

현우는 어리둥절했다.

반면 김세희는 속을 태우고 있었다. 보통 이 정도였으면 어느 정도 눈치를 채게 마련인데 김현우 대표는 눈 하나 깜짝하지 않고 있었다.

괜히 더 승부욕이 불타올랐다.

*   *   *

시상식 2부가 시작되었다. 2부의 시작을 알리며 세 번째 초청 가수인 신현우가 무대 위로 올랐다. 검은 가죽 재킷을 걸

친 신현우가 기타 하나와 함께 무내 중앙으로 섰나.

　—헐! 신현우까지?

　—오늘 어울림 가수들 다 나오네? 영화제 측에서 작정한 듯?

　—이번 년도 시상식은 볼거리가 진짜 많다!

　—신현우 멋있다. 어지간한 배우보다 훨씬 잘생겼다. ㅋ

　—불꽃 락커다!

　—같은 남자가 봐도 멋있네!

　—존잘! 존잘! 존잘!

　온라인만큼이나 현장의 반응도 뜨거웠다. 신현우가 등장하자 배우들이 진심이 담긴 뜨거운 박수를 보내왔다. 그리고 여배우들도 신현우를 보며 서로 수군거리기 시작했다. 말로만 들었지 신현우를 실물로 보게 되니 여심이 절로 움직이고 있는 것이다.

　"……."

　신현우가 스탠딩 마이크를 잡고 객석을 처다보았다. 정말이지, 꿈만 같았다. 라디오와 '우리는 가수다'에 이어 영화제 무대에도 서게 되었다. 신현우가 길게 숨을 들이마셨다. 그리고 그의 거친 음색이 평화의 전당으로 퍼져 나가기 시작했다.

　시상을 준비하며 무대 뒤에서 대기하고 있던 현우는 헛웃음을 흘리고 있었다. 휴식 시간에 기사를 확인했는지 뚱한 반응을 보이던 배우들이 자리에서 일어나 축하 공연을 감상하고 있었다.

근데 문제는 신현우가 비와 당신을 부르고 있다는 것이다. 물론 개막 공연을 순수하게 즐기는 배우들도 많았다. 하지만 문제는 포털 기사에 사진과 함께 거론된 배우들이었다. 멀쩡하게 생긴 배우들이 자리에서 일어나 슬픈 얼굴로 박수를 보내는 모습이 정말 인상적이었다.

—다들 눈치 싸움 중. ㅋㅋ
—즙 짜기 내기 중. ㅋㅋ
—누가 누가 더 슬플까요? ㅋㅋ
—어울림 엔터 팬덤 무섭다;
—그러네요. 배우들도 기사 본 듯. ㅋㅋㅋ
—국민 기획사 클래스;

현우도 새삼 대중들의 사랑을 느끼고 있었다. 생각보다 대중들의 어울림 엔터테인먼트를 향한 사랑이 컸다. 오늘 시상식에서 빈손으로 돌아가더라도 아쉬울 게 하나도 없을 것 같았다.

"재밌죠, 대표님?"

김세희가 말을 걸었다.

"웃기면서도 슬픈 일이죠."

"그러니까요. 배우나 가수나 대중들의 시선을 받으며 사는 직업이잖아요. 그러니까 대표님 같으신 분이 이해를 해주세요. 저도 이해해 주셨잖아요?"

"그렇습니까."

김세희가 팔짱을 낀 손에 힘을 주었다.

신현우의 비와 당신이 하이라이트 부분에 이르러 있었다. 눈물을 흘리고 있는 여배우 정아진의 모습이 스크린에 잡혔다.

그리고 노래도 서서히 잦아들기 시작했다.

"곧 우리 차례예요. 준비해요, 대표님."

어느새 신현우가 부르는 비와 당신이 끝이 났다. 여론을 의식한 것도 있었지만 신현우의 노래가 워낙 좋았다. 배우들이 모두 자리에서 일어나 마흔 살 락커에게 기립박수를 보냈다. 현우도 무대 뒤에서 조용히 박수를 보냈다.

"신현우 씨의 노래 잘 들었습니다. 사실 오래 전에 방송국에서 한번 뵌 적이 있거든요. 기억하시나 모르겠습니다. 기회가 되면 저랑 소주 한잔하면 좋을 것 같군요."

"신현우 씨도요? 유범진 선배님, 오늘 너무 사심 채우시는 거 아닌가요?"

이수희의 농담에 유범진이 호탕하게 웃었다.

"하하! 맞습니다. 사심 채우고 있습니다. 그러면 안 됩니까? 자, 화제를 전환해 볼까요? 그럼 다음으로는 남녀 신인상을 수상하겠습니다. 시상자로 요즘 가장 인기 있는 기획사죠. 어울림 엔터테인먼트의 김현우 대표님과 청순가련의 대표 주자 배우 김세희 씨가 수고해 주시겠습니다! 박수로 맞아주시죠!"

"와아아!"

영화제를 찾은 팬들을 중심으로 박수와 환호가 쏟아졌다. 김세희와 함께 현우가 모습을 드러내었다.

그리고 그런 둘을 보며 송지유가 얼굴을 굳혔다. 김세희가 너무 밀착하고 있었다. 얼핏 보면 둘 사이를 연인으로 봐도 무방할 정도였다.

"지유야, 우리 오빠 괜찮을까?"

서유희도 걱정스러운 얼굴을 했다. 촬영장에서도 쉴 새 없이 현우에게 관심을 내보이던 김세희였다. 그리고 여자의 직감이 위험함을 경고하고 있었다.

그사이 현우와 김세희가 시상을 위해 자리를 잡았다.

"김현우 대표님, 드디어 이야기를 나누게 되는군요. 배우 유범진입니다. 올해 마흔 살입니다. 어울림 엔터 팬입니다. 요즘 젊은 친구들 말로 울림이라고들 하던데, 저도 그 울림이입니다."

"하하, 그렇습니까? 감사합니다."

현우가 하하 웃었다. 어울림 엔터테인먼트와 그 소속 연예인들을 좋아하는 팬덤이 요즘 '울림이'라고 통칭되는 추세였다. 그리고 유명 배우 유범진까지 대놓고 팬 인증을 하고 있었다.

절로 어깨가 으쓱했다.

"그럼 직접 소개를 해주시죠."

현우가 살짝 웃었다. 그런 다음 마이크에 얼굴을 가까이 대고 입을 열었다.

"어울림 엔터테인먼트 대표를 맡고 있는 김현우라고 합니다. 많은 영화인분들, 영화를 사랑해 주시는 팬 여러분, 그리고 다양한 매체를 통해 시청하고 계시는 팬 여러분, 정말 고맙고 감사를 드립니다."

뜨거운 박수가 쏟아졌다.

"생각보다 떨지 않으시는군요. 그럼 시간이 조금 남아 사담을 나누겠습니다. 언제 저랑 소주 한잔하시죠. 송민혁 배우랑 저랑 친분이 좀 있습니다. 아, 신현우 씨도요."

"네, 저야 좋죠. 연락 기다리고 있겠습니다."

여기저기에서 박수가 쏟아졌다. 유범진도 만족스러운 얼굴을 했다. 그리고 이번에는 이수희가 마이크를 가까이 했다.

"김현우 대표님, 오늘 축하 공연부터 시작해서 재밌는 모습을 많이 보여주셨는데요, 흑역사라고들 하죠? 걱정되지 않으세요?"

"하하, 사실 살짝 후회 중입니다. 잠깐 핸드폰으로 기사를 확인했거든요."

"그래도 많은 팬 여러분께서 이러한 김현우 대표님의 소탈한 모습을 좋아해 주시는 게 아닌가 싶네요."

"감사합니다."

현우는 살짝 웃으며 대답했다. 그리고 이번에는 김세희가 현우를 보며 입을 열었다.

"김현우 대표님, 저도 질문 하나 드려도 될까요?"

"네, 얼마든지요."

"소속 연예인분뿐만 아니라 어울림 엔터테인먼트에 속해 있는 모든 분을 많은 대중분들이 사랑해 주시잖아요. 그 비결을 알 수 있을까요?"

"음, 비결이라. 딱 꼬집어서 말을 할 수는 없지만… 친근함 아닐까요? 저도 그렇고 지유도, 다연 씨도, 또 i2i 친구들과 저희 어울림 식구들은 최대한 진솔하고 거짓 없이 대중들에게 다가가려고 노력하는 편입니다. 그 점을 좋게 봐주시는 것 같습니다."

배우들이 박수를 보내왔다. 김세희가 고개를 끄덕거렸다. 그리고 다시 말을 이어갔다.

"네, 그런 것 같습니다. 친숙함, 소탈함이 김현우 대표님과 어울림 식구들의 매력이 아닐까 싶어요. 사실 저도 촬영장에서 김현우 대표님을 처음 뵙고 많은 조언을 얻을 수 있었거든요. 추천해 주신 자서전도 잘 읽었어요. 김현우 대표님 덕분에 여배우로서, 또 한 명의 여성으로서도 전환점을 맞이할 수 있었던 것 같아요. 대표님, 감사해요."

"......"

순간 현우는 할 말을 잃었다. 방금 전 김세희가 내뱉은 말에는 대본에는 없는 내용이 추가되어 있었다.

덩달아 객석이 잠시 고요해졌다. 김세희가 지긋한 눈길로 현우를 쳐다보고 있었다. 바보가 아닌 이상 어지간한 사람들은 다들 눈치를 챌 수준이었다.

─김현우 대표랑 김세희랑 둘이 무슨 사이임?

─김세희 눈빛이 마치 사랑에 빠진 여자 같은데?

─눈동자에서 꿀 떨어지겠다. ㅋㅋ

─자서전까지 추천해 줄 정도면? 뭔가 있는 듯?

─설마 둘이 사귀나?

─ ㄴㄴ 아직 거기까지는 아닌 것 같은데요?

─와아; 이번 영화제 뭐야? 진짜 여러 가지로 역대급. ㅋㅋㅋ

─기사 뜨나? 김현우, 김세희 열애설? ㅋㅋ

객석에 앉아 있던 배우들도 서로를 보며 웅성거렸다.

송민혁이 옆자리에 앉아 있는 서유희에게로 고개를 돌렸다.

"유희야, 형이랑 김세희 선배랑 그런 사이야?"

"절대 아니에요."

서유희가 단호하게 대답했다. 생전 처음 보는 서유희의 단호함에 송민혁은 물론 '그그혼' 팀이 입을 다물었다.

반면, 송지유의 눈동자로 서늘한 기운이 어렸다. 설마설마했는데 김세희가 일을 터뜨렸다. 송지유의 작은 주먹이 조금씩 떨리고 있었다.

'뭐야. 갑자기?'

싸해진 객석을 지켜보다가 현우는 황급히 정신을 차렸다. 그리고 서둘러 말을 꺼냈다.

"감사합니다. 세희 씨한테 도움이 되었다니 뿌듯하네요. 촬영장에서 우리 서유희 배우를 챙겨주셔서 감사합니다. 제 작은 보답이 도움이 되었다니 정말 다행입니다."

현우가 해명을 했다.

―아! 서유희랑 같이 드라마 찍지? 김세희?

―그래서 친분이 조금 있는 듯;

―하긴 김현우 대표님이 여자 연예인들한테 평판이 좋은 편이

잖아요. 단순히 친분인 거 같은데요? 아닌가?

　—그럴 수도 있는데 방금 분위기 어떻게 설명할 거야?

　—김태식 대표 당황한 것 같았는데, 둘 중에 하나임. 김세희가 들이대거나 아니면 둘이 뭐 있거나. ㅋㅋ

　채팅으로 시끄럽던 온라인 플랫폼들이 다시 조용해졌다.

　"하하하! 우리 세희 씨가 김현우 대표님이 인간적으로 마음에 들었나 봅니다. 부럽습니다, 김현우 대표님. 저는 여자 후배들한테 별로 인기가 없거든요. 어려운 선배라고들 하더군요."

　유범진이 눈치를 채고 부드럽게 말을 받아주었다. 현우는 시커멓게 타들어가던 속을 쓸어내렸다. 하마터면 공식 석상에서 대형 사고가 날 뻔했기 때문이다.

　"그럼 남자신인상 후보부터 살펴보시겠습니다."

　김세희가 태연한 얼굴로 남자신인상 후보를 소개했다. 화면이 나가는 동안 김세희가 현우에게 말을 걸어왔다.

　"당황하셨죠? 죄송해요. 하지만 정말 감사해서 그랬어요. 기분 나빠하지 않으셨으면 좋겠어요, 대표님."

　김세희는 고수였다. 자신의 감정을 이번에는 단순한 감사함으로 포장하고 있었다.

　"알겠습니다. 그런데 세희 씨 이번에도 경솔했습니다. 많은 사람들이 보는 앞입니다. 자칫 세희 씨한테 해가 될 수도 있었어요. 내 말 무슨 뜻인지 알죠?"

현우의 깊은 목소리가 김세희에게 날아들었다.

"이번에도 저를 걱정해 주시네요. 따듯한 분 같아요, 대표님은."

김세희가 미소를 머금었다. 그리고 현우의 차례가 다가왔다. 현우가 담담한 얼굴로 입을 열었다.

"이번에는 여자신인상 후보를 보시겠습니다."

화면으로 여자신인상 후보에 오른 여배우들이 등장했다. 멜로 영화 역사상 첫 천만 영화라는 신화를 쓴 '그그흔'이 선전하고 있었다.

시상식 1부에서는 촬영, 조명, 각본 세 분야에서 상을 휩쓸더니 다섯 명의 신인 여배우 후보에 송지유와 서유희, 그리고 진세영이 모두 올라가 있었다.

화면이 모두 나가고 김세희가 다시 입을 열었다.

"남녀 신인상을 수상하겠습니다. 대표님, 대표님께서 말씀해 주세요."

"네, 그럼 발표하겠습니다. 남자신인상… 송민혁! 그리고 여자신인상은 송지유! 진세영!"

여기저기에서 커다란 박수가 쏟아졌다. '그그흔'의 주연배우들이 남녀 신인상을 휩쓸었다. 하지만 현우의 표정이 마냥 밝

지는 않았디. 연기력으로 큰 화세가 되었던 서유희가 신인상
을 놓쳤기 때문이다.

'우리 유희 대신 진세영이라고?'

송지유와 진세영, 그리고 송민혁이 무대 위로 올라왔다. 꽃
과 함께 트로피가 주어졌다. 송민혁이 송지유에게 소감을 양
보했다.

송지유가 꽃과 트로피를 손에 쥔 채로 객석을 바라보았다.
그리고 꾸벅 고개를 숙였다.

"안녕하세요, 송지유입니다."

송지유 특유의 예의 넘치는 인사법에 팬들의 환호와 박수
가 쏟아졌다. 송지유가 생긋 웃음을 머금었다.

"신인상은 일생에 단 한 번밖에 타지 못하는 상이라는 걸
잘 알고 있습니다. 그래서 더 뜻깊고 감사합니다. '그그흔'을
사랑해 주신 관객 여러분, 진심으로 감사합니다. 그리고 김성
민 감독님, 박창준 대표님, 세영 언니, 민혁 오빠, 함께해서 즐
거웠어요. 유희 언니, 고마워요. 언니한테 연기라는 게 무엇인
지를 배웠어요. 이 상은 저 혼자 탄 게 아니에요. 유희 언니랑
함께 탄 상이에요. 또 우리 스태프 여러분, 지금쯤 이곳저곳에
서 영화 찍느라고 고생들 하시겠죠? 날씨가 추워요. 제가 사
드린 겨울옷 꼭 챙겨 입고 다니세요. 겨울 내내 지켜볼 거예
요. 그리고 우리 어울림 식구들, 항상 부족한 저를 도와주셔

서 감사해요. 다들 내 마음 알죠? 늘 저는 여러분 편이에요."

송지유가 잠시 말을 끊었다.

—김현우 대표는 왜 언급 안 하지?

—긴장해서 까먹은 거 아닌가?

—갓 지유가 긴장하는 거 봤음? 아니지.

—뭐지? 둘이 싸웠나?

—남매 케미에 금이 갔나 본데? 뭐지;

—이상한데? ㄷㄷ

—설마 방금 전에 김세희 때문에 그런가?

—에이, 설마요. ㅋㅋ

온라인뿐만 아니라 평화의 전당에 모인 배우들과 영화 팬들도 송지유의 눈치를 살피고 있었다.

당사자인 현우도 기분이 묘했다. 송지유가 객석에서 무대 위로 올라올 때까지 아예 이쪽으론 눈길 한번 주지 않았다. 괜스레 서운했다.

'뭐지? 왜 지유가 화가 난 거지?'

이곳에 있는 사람 중 유일하게 현우만 송지유의 감정을 알아차리고 있었다. 표정의 변화 하나 없이 특유의 무표정이었지만 현우는 알 수 있었다. 지금 송지유는 굉장히 화가 난 상태었다.

'김세희 때문이구나.'

아무리 눈치가 없어도 현우도 사람이었다. 가만히 잘 있던 송지유가 화를 낼 만한 일은 김세희밖에 없었다.

드라마 촬영장에서 나름 신경전을 벌이기도 했다.

그때였다. 갑자기 꽃과 트로피를 바닥에 내려놓더니 송지유가 현우에게 천천히 다가오기 시작했다.

"……!"

김세희가 눈을 크게 떴다. 하지만 송지유는 아랑곳하지 않고 김세희를 지나쳐 현우에게 폭 안겼다.

너무나 자연스러워서 현우는 미처 반응할 새도 없었다.

그리고 평화의 전당이 돌발적인 상황에 그대로 얼어붙어 버렸다.

―??????????

―!!!!!!!!!!!???

―뭐지? 지금 상황 뭐지?

―갑자기 뭐임? ㅋㅋ

―송지유 왜 저래? ㅋㅋㅋ

―갓 지유가 미쳤다? ㅋㅋ

―김현우 대표님? 저기요? ㅋㅋ

—대박 사건이다! ㅋㅋㅋㅋ

　—아니, 진짜로다가 이번 영화제 뭐냐? ㅋㅋ

　—역대급 영화제. ㅋㅋㅋ

　백룡영화제가 진행되고 있는 평화의 전당이 침묵으로 물들었다. 그리고 모든 이의 시선이 현우와 현우의 품에 안겨 있는 송지유에게로 집중되었다.

　"……."

　송지유에게서 특유의 향긋한 향기가 진하게 풍겨왔다. 현우는 갑자기 품에 안긴 송지유를 멍한 얼굴로 내려다보았다. 그저 본능적으로 송지유의 등을 토닥일 뿐이었다. 그러다 갑자기 정신이 번쩍 들었다.

　"…지, 지유야, 너 왜 이래?"

　송지유가 물끄러미 현우를 올려다보았다. 놀란 현우와 다르게 송지유는 태연했다. 아니, 당연한 듯 보였다. 송지유가 입술을 열어 조용히 속삭였다.

　"조금만 이러고 있어줘요."

　"……."

　거부할 수 없는 그 달콤한 말에 현우는 꼼짝도 할 수가 없었다.

　객석 위층에 있던 영화 팬들이 깜짝 상황에 뜨거운 환호성을 보내기 시작했다. 그리고 때맞춰 송시유가 살짝 고개를 돌렸다.

송지유와 김세희의 시선이 정면으로 마주쳐 버렸다. 현우의 가슴팍에 얼굴을 묻고 있는 송지유의 모습에 김세희의 눈동자가 심하게 흔들렸다.

송지유가 김세희를 보며 살짝 입꼬리를 올렸다. 그러고는 더없이 싸늘한 표정으로 김세희를 노려보았다.

"……!"

순간 김세희의 얼굴이 딱딱하게 굳었다. 송지유의 메시지는 분명했으며 또 확고했다. 그 어떠한 경고보다도 강력한 일종의 신호였다.

송지유가 현우의 품에서 스르르 빠져나왔다. 그리고 현우를 다시 올려다보았다.

"오빠, 웃어요. 밝게."

"으, 응."

현우가 어색하게나마 웃어주었다.

얼핏 겉으로 보기에는 현우와 송지유의 포옹이 너무나도 자연스러워 보였다. 호기심 가득한 시선을 보내고 있던 배우들이 뒤늦게 뜨거운 박수를 보내왔다.

갑작스러운 상황에 당황해하고 있던 유범진과 이수희도 베테랑 연기자들답게 흐름을 되찾았다.

"네, 그 어떠한 그림보다도 아름다운 장면이었습니다. 소문대로 김현우 대표님과 송지유 씨 두 분께서 오누이처럼 사이가 참 좋으시네요. 호호!"

이수희가 다시 진행을 이끌어갔다.

송지유도 밝게 미소를 지으며 바닥에 놓았던 꽃과 트로피를 다시 주워 들었다. 그러고는 다시 아무렇지도 않게 마이크 앞에 섰다.

"깜짝 놀라게 해드려서 죄송해요. 사실은 신인상을 받고 가장 먼저 김현우 대표님이 생각났어요. 그리고 오늘은 평소대로 오빠라고 부를게요. 현우 오빠."

송지유가 현우를 슥 쳐다보았다. 아직도 심장이 두근거려 당황스러웠지만 현우는 애써 미소를 머금고 있었다. 여기서 당황한 티를 냈다간 대형 사고로 사태가 번질 수도 있었다.

"항상 내 곁에 있어줘서 고마워요. 우리 홍인대학교 첫 무대에서 한 약속들 기억나죠? 그 약속 늘 지켜줘서 고마워요. 그리고 갑자기 안겨서 미안해요. 많이 놀랐죠? 백 마디 말보다는 이런 날에 한번 정도는 안아주고 싶었어요. 늘 우리 어울림을 위해서 고생하잖아요? 마지막으로 내 친구 은정아, 예쁜 한복 드레스 만들어줘서 너무 고마워! 감사합니다, 여러분!"

객석에서 뜨거운 박수와 환호가 쏟아졌다. 어색하던 상황은 현우와 송지유가 훈훈한 오누이 모드를 연출하며 반전이

되어버렸다.

뜨거운 박수 속에서 오직 김세희만 표정이 좋지 못했다.

송민혁이 현우와 송지유 두 사람을 쳐다보며 입을 열었다.

"사이가 참 좋단 말이야. 나도 지유 같은 동생 있었으면 좋겠어요, 세영 씨."

"민혁 선배님은 정말로 그렇게 생각하세요?"

"응. 그럼 아니야?"

송민혁의 물음에도 진세영은 그저 웃고만 있었다.

진세영의 시선은 애써 표정 관리를 하고 있는 김세희에게 향해 있었다. 현우와 송지유를 쳐다보는 진세영의 표정이 묘했다.

"자, 그럼 진세영 씨, 소감 부탁드리겠습니다."

유범진이 진세영을 마이크 앞으로 이끌었다.

화기애애한 분위기를 되찾은 현장과 다르게 백룡영화제를 시청하고 있던 많은 대중들은 저마다 반응이 엇갈렸다.

─그냥 단순한 감격의 포옹이었네.

─포옹치고는 좀 뜬금없었는데? 둘이 뭐 있다니까!

─아니, 김현우 대표랑 송지유랑 남매 케미 유명하잖아; 당신들 논리라면 포옹만 하면 다 사귀는 거야? 그건 아니지. ㅋㅋ

─상황을 보라고요. 김세희가 분명 김현우 대표한테 호감 표

시했고, 송지유가 발끈해서 김세희 보란 듯이 품에 안긴 거 아닌
가요?

　─네, 다음 웹 소설 소설가.

　─소설 쓰시는 분들 정말 많다.

　─답답하다. 저거 분명히 뭐 있어요. 여자분들, 없나요? 나만
그렇게 느껴지는 건가요?

　─저도 그렇게 느꼈어요. ㅠㅠ

　─다들 연애 안 해봤어? 저거 분명 미묘한 감정이 있었는데?

　─아닐걸요? 송지유 첫 음악 방송 1위 때도 수상 소감 논란 있
었는데 결국 아무것도 아닌 걸로 밝혀졌잖아요. 둘이 그냥 각별
한 사이인 거죠. 오누이처럼.

　─이럴 수도 있음. 송지유는 김현우 대표랑 남매 같은 사이임.
근데 김세희라는 여자가 갑자기 호감을 드러낸 거임. 그러니까 송
지유가 열 받아서 견제한 거임.

　─ㅇㅇ 오빠 있는 분들 이런 경험 있지 않나요? 오빠를 좋아하
는 여자가 너무 싫어서 이런 경우로 물 먹이는 경우.

　─그럴 수도 있겠다. ㅋㅋㅋ

　─친오빠한테 안기는 여동생이 있다고요? 저기요; 저건 남자
를 좋아하는 여자가 하는 행동인데요? 안 그래요?

　─친오빠 아니거든요;

　─저 같아도 동생이 불여우 같은 여자애 자기 여친이라 소개하

면서 데리고 오면 짜증 날 거 같은데;

　─또 싸우네, 여기. ㅋㅋㅋㅋㅋㅋ

　─매번 끝은 싸움. ㅋㅋㅋ

　─결론을 종합하자면 김세희만 물 먹었다 이거네? ㅋㅋㅋ

　─김세희 의문의 1패.

　─김현우 대표님, 여자 친구 사귀기 힘들 듯; 송지유도 저번에 여자 친구 만나려면 자기한테 허락받아야 한다고 했음. 팬 카페에서. ㅋㅋ 그리고 i2i 멤버들도 김현우 대표님한테 집착하던데? 시누이만 열 명이 넘어. ㅋㅋㅋㅋ

　─정확히 열다섯 명. ㅋㅋ 서유희는 착하니까 빼면 열네 명.

　─부럽다, 김발놈.

　─결론: 김발놈.

　─정답: 김발놈.

　대중들의 폭발적인 반응과 맞물려 벌써 포털 사이트엔 많은 기사가 올라오고 있었다.

4장

수확의 계절 II

　현우는 남녀 신인상 시상을 마치고 무대 뒤로 나와 있었다. 같이 시상을 한 김세희도 함께였다. 둘 사이에 어색하고 불편한 기류가 감돌았다.

　현우는 썩 기분이 좋지 못했다. 김세희 때문에 송지유가 발끈했고, 결국 돌발 상황이 벌어졌다. 하마터면 백봉영화제 시상식에서 대형 사고가 날 뻔했다.

　현우가 굳은 얼굴로 김세희에게 입을 열었다.

　"시상하느라 수고했어요, 세희 씨."

　"네, 대표님도 고생하셨어요."

김세희의 표정도 좋지 못했다. 자기보다 한참 어린 송지유에게 제대로 한 방을 먹었다. 하지만 소기의 성과는 있었다. 긴가민가하던 경쟁자의 실체가 확연하게 드러났기 때문이다.

김세희가 물끄러미 현우를 쳐다보았다. 오늘 백룡영화제에서도 벌써 많은 여배우들이 이 젊은 대표에게 관심을 보내고 있었다.

관심 없는 척하고 있었지만 사실 김세희는 시상식 내내 현우를 주시하고 있었다. 신인 여배우인 김아름이 조금씩 관심을 내비치는 것 같아 기분이 나빴다.

그리고 괜스레 더 마음이 급해졌다.

"저, 대표님."

김세희가 말을 꺼내려는데 때마침 매니저들이 들이닥쳤다.

"세희 씨, 대본에도 없는 그런 말은 왜 했어요? 예?"

정 팀장이 10년은 더 늙어 있었다. 한동안 잠잠하나 했더니 또 사고를 칠 뻔했다. 박지훈 매니저는 현우부터 살폈다.

"대표님, 괜찮으시죠?!"

"지훈 씨, 저는 괜찮습니다."

그렇게 말하곤 현우가 김세희를 똑바로 쳐다보았다. 오늘 일을 겪으며 현우는 김세희가 자신에게 호감이 있다는 것을 확실히 깨달았다.

'그래서 지유가 화가 난 거였어. 지유 눈에 김세희가 성에

찰 리가 없지.'

현우는 송지유가 충분히 이해되었다.

"대표님, 다음에 뵈어요."

"오늘 죄송했습니다, 대표님."

김세희가 정 팀장과 함께 인사를 남기고 무대 뒤쪽으로 빠져나갔다.

그사이 송민혁이 내려왔다.

"형, 부럽습니다. 지유 씨가 형 생각을 엄청 하나 보네요. 그리고 김세희 선배가 어지간히도 싫었던 모양입니다. 하긴 뭐……."

송민혁이 현우를 부러워했다. 현우가 슥 송민혁을 쳐다보았다. 송민혁은 부드러운 외모에 연기력도 출중했고 또 인성도 훌륭했다. 요즘 들어서 급격히 친해지고 있는 좋은 동생이었다.

'민혁이가 지유를 좋아한다고 말하면 나는 어떨까?'

생각이 거기까지 미치자 갑자기 송민혁이 미워졌다. 그러다 현우는 혼자 피식 웃었다. 더더욱 송지유의 심정이 이해가 되었다.

*   *   *

"송! 너, 미쳤어? 혹시 외줄타기 장인이세요? 오늘 위험했어, 이 바보야!"

김은정이 송지유를 타박하고 있었다. 그러면서도 옷매무새를 만지는 것은 절대 잊지 않았다. 송지유도 오늘 본인의 행동이 즉흥적이고 위험했다는 것을 잘 알고 있었다.

그런데 당황하던 김세희의 표정이 떠오르자 자꾸만 웃음이 나왔다. 가라앉은 기분도 좋아졌다.

"웃어? 지금 웃음이 나와, 송?"

김은정이 구박해도 송지유는 여전히 웃고 있었다. 김은정이 한숨을 내쉬며 말을 이었다.

"솔직히 나도 고소하기는 했어. 인정할게. 근데 이 정도면 현우 오빠도 알아차리지 않았을까? 김세희가 갑자기 막 들이대는데 네가 안겨 버렸잖아. 너, 어떻게 할 거야? 현우 오빠 얼굴 똑바로 볼 수 있겠어?"

김은정이 걱정스러운 얼굴을 했다. 다른 사람들은 모르겠지만 그간 사연이 많았던 현우에게는 송지유가 고백을 한 것이나 마찬가지인 상황이었다.

"나… 어떻게 해?"

현실을 직시한 송지유의 얼굴이 붉어졌다. 얼굴이 다 화끈거렸다. 그때 때마침 복도 저쪽에서 현우가 걸어오고 있었다.

"온다! 김현우 온다!"

"웅? 어디?"

송지유가 고개를 돌리다 현우와 시선이 마주쳤다.

"일단 후퇴하자, 송."

"웅!"

김은정과 송지유가 총총걸음으로 현우와 반대 방향으로 걷기 시작했다. 송지유와 김은정을 발견한 현우가 반가움에 손을 흔들려다가 고개를 갸웃했다.

"분명히 나랑 눈 마주쳤는데? 지유야! 은정아!"

현우도 걸음을 빨리 했다. 덩달아 송지유와 김은정의 걸음걸이도 빨라졌다. 결국 현우가 성큼성큼 빠른 걸음으로 두 사람을 따라잡았다.

"뭐야? 왜 그냥 너희들끼리 가냐?"

김은정과 송지유가 어색한 표정으로 현우를 쳐다보았다.

"오, 오빠, 시상 멋있게 잘했어요. 최고!"

"고맙다, 은정아, 그리고 지유야, 나 너한테 할 말 있다."

순간 김은정이 입을 크게 벌렸다. 송지유는 현우와 눈도 제대로 마주치지 못했다. 세 사람 사이에 묘한 기류가 흘렀다.

"저, 저는 이만! 다연 언니가 심부름시킨 게 있어서!"

김은정이 홱 몸을 돌리려는데 때마침 엘시가 나타났다.

"나? 내가 왜? 나 심부름시킨 적 없는데?"

"어, 어, 언니, 심부름시켰잖아요."

엘시가 뒤늦게 현우를 발견하곤 상황을 파악해 냈다. 엘시의 눈동자가 초롱초롱 빛나기 시작했다.

"가자, 은정아! 심부름시킬 거 생각났어!"

"네, 언니! 가요!"

두 사람이 팔짱을 끼고 몸을 돌리려는데 현우의 목소리가 두 사람을 붙잡았다.

"여기서 심부름시키면 되는 거 아니에요, 다연 씨? 그리고 심부름을 시킬 건데 다연 씨는 왜 같이 가는 겁니까?"

"네? 아, 그게 말이죠?"

틀린 말이 아닌지라 엘시도 김은정도 할 말이 없었다. 현우가 빙그레 웃었다. 그리고 송지유를 가만히 내려다보았다.

"지유야, 내가 곰곰이 생각해 봤는데 말이야, 아까 네가 충분히 화가 날 만하더라. 잠깐 포털 기사 봤는데 팬들이 그러더라고. 네가 나를 친오빠처럼 생각하니까 화가 났을 거라고. 걱정해 줘서 고맙다. 그런데 걱정하지 마. 나 김세희 씨한테 아무런 감정도 없으니까."

"…진짜예요?"

"응, 진짜야. 그리고 앞으로 어떤 여자를 만나게 될지는 모르겠지만 가장 먼저 너한테 물어볼게."

"…알았어요. 그래도 화내지 않고 이해해 줘서 고마워요."

송지유가 길게 한숨을 내쉬었다. 솔직히 현우에게 혼이 날

줄 알았는데 오히려 현우는 미안해하고 있었다. 도무지 미워하고 싶어도 미워할 수가 없는 남자가 김현우였다.

한편, 김은정은 경악했다. 눈치가 없어도 이렇게 없을 수 있다니, 마치 일부러 그러는 것만 같았다.

"진짜 김현우 대단하다. 최고야, 최고. 이 마성의 남자, 출구도 없고 이제 보니까 입구도 없었어. 개미지옥 같은 남자였어."

"하하, 은정아, 내가 좀 괜찮나 보다. 김세희 씨 같은 여배우도 나를 좋아하고."

"그러세요? 좋으시겠어요, 철벽 씨."

"철벽이어야지 당연히. 하하!"

빙그레 웃던 현우가 갑자기 진지한 얼굴을 했다. 그리고 송지유를 향해 입을 열었다.

"나를 친오빠처럼 생각해 주는 지유 네 마음은 잘 알아. 그래도 댓글 보니까 팬들 중에서 우려하는 분들도 계시더라고. 그런 의미에서 우리 오늘부터 정식으로 의남매 하자. 어때?"

"의남매요?"

송지유가 현우를 물끄러미 올려다보았다. 현우로부터 따뜻한 진심이 느껴졌다. 그런데 서운하고 속이 상했다. 괜히 핑눈물이 고이려 했다.

"왜, 싫어? 좀… 별론가?"

송지유가 슥 김은정을 살펴보았다. 김은정이 고개를 마구 끄덕거리고 있었다.

"알았어요. 그럼 의남매 해요."

"오케이!"

"저도 의남매 껴주세요!"

갑자기 엘시가 끼어들었다.

"다연 씨도요?"

"네. 저 요즘 은근히 불만이 쌓이는 중이었어요."

폭탄 발언에 현우는 어안이 벙벙했다. 불만이라니? 이것저 것 궁리를 해봐도 도무지 떠오르지가 않았다.

"말해 봐요, 다연 씨."

"이거 보세요. 지유한테는 지유야, 지유야 하면서 다정하고 편하게 부르고, 저한테는 다연 씨, 다연 씨 꼭 존대를 하시잖 아요. 거리감 느껴지게. 저 강원도로 다시 갈까 봐요."

엘시가 쓸쓸한 표정까지 지어 보였다.

"하하!"

현우가 크게 웃었다. 그러고 보니 엘시의 입장에서는 충분 히 서운할 만도 했다.

"오케이. 그럼 다연이도 편하게 불러줄게. 됐지?"

"네! 오케이! 그럼 우리 셋이서 의남매 맞죠? 오늘부터 1일!"

엘시가 쾌활하게 웃었다.

"온정이는?"

현우가 물었다. 김은정만 따돌리는 것 같아 괜히 미안했다.

"저는 괜찮아요. 세 분이서 예쁜 우정 나누세요."

"그러지, 뭐. 그럼 다연이도 한복 드레스로 갈아입고 와. 기다리고 있을 테니까."

"네, 오빠!"

"다연이한테 오빠 소리 들으니까 묘하네, 묘해."

김은정이 현우의 팔을 잡고 흔들었다.

"김현우 대표님, 저기 민혁 오빠 기다리니까 얼른 가 계세요."

"가라고? 알았어."

현우가 발걸음을 돌렸다. 복도에 송지유와 엘시, 김은정 셋만이 남게 되었다.

"언니, 언니가 거길 왜 껴요?"

"은정아, 이 언니가 다 계획이 있어서 그랬어."

"정말이죠?"

"당연하지! 그리고 지유 후배님, 아니지. 이제 내 동생 지유야."

"네, 언니."

엘시가 송지유의 어깨를 잡았다.

"오빠, 오빠 하다가 아빠, 아빠 되는 게 세상 이치야. 오히려 잘된 거야. 무슨 말인지 알겠어? 오빠, 오빠, 아빠, 아빠. 해봐."

엘시의 장난기 넘치는 말에 송지유는 풋 웃고 말았다.

*　　　*　　　*

축하 공연을 마친 엘시와 i2i 멤버들, 그리고 신현우까지 객석으로 자리했다. 엘시와 i2i 멤버들도 무대의상 대신에 큰 화제를 낳고 있는 한복 드레스로 갈아입었다.

자연스레 중계 카메라가 어울림 엔터테인먼트 사단을 잡아주었다.

"우리 나왔다! 손 흔들어!"

이지수를 시작으로 i2i 멤버들이 브이 자를 그리거나 손을 열심히 흔들었다.

―어울림 엔터테인먼트 보기 좋다! 멋있다!

―이번 시상식의 주인공은 단언컨대 어울림 엔터임.

―김현우가 부럽다. ㅠㅠ

―공연 끝나서 가면 그만인데 자리를 지켜주네. 감동! ㅠ

―i2i, 컴백 언제 함?

―일본 진출이 먼저일걸?

한 자리에 모인 어울림 식구들을 보며 대중들이 크게 좋아 해 주고 있었다.

현우도 연신 싱글벙글했다. 어떻게 하다 보니 토끼보다 귀 여운 여동생 두 명이 생겨 버렸다. 엘시도 싱글벙글했다. 송지 유만 혼자 생각에 잠겨 있었다.

그리고 시상식은 어느새 중반부를 훌쩍 넘어 있었다.

시상식 1부에서 '그그흔'이 촬영과 조명, 각본 세 분야에서 수상을 기록했고, 시상식 2부가 시작되면서 송지유와 송민혁, 진세영이 남녀 신인상을 수상했다. 또 김성민 감독이 신인감 독상까지 수상했다.

'그그흔'의 기세가 무서웠다. 지금까지 총 6관왕을 기록하고 있었다.

"그럼 남녀 조연상 후보를 소개하겠습니다!"

거대한 스크린으로 남녀 조연상 후보에 오른 배우들의 영 상이 차례로 떠올랐다. '그그흔'에 출연한 배우 중에는 여우조 연상 후보로 서유희가 유일했다.

'유희가 타겠구나.'

현우는 내심 서유희가 여우조연상을 타기를 기대하고 있었 다. 어울림 식구들도 같은 생각을 하고 있었다.

시상을 위해 나온 배우가 천천히 입을 열었다.

"백룡영화제! 여우조연상! '미래는 맑음'의 김아름 씨!"

"와아아!"

여기저기에서 박수가 터져 나왔다. 현우에게 인사를 건넨 신인 여배우 김아름이 여우조연상을 수상했다.

현우도 미소와 함께 열심히 박수를 치고는 있었지만 속이 쓰렸다. 서유희가 신인상에 이어 조연상까지 놓치고 말았다.

'이거 대체 뭐야? 우리 유희는?'

현우가 슥 옆자리에 앉아 있는 서유희의 눈치를 살폈다. 속 상할 법도 했지만 서유희는 그 누구보다도 환하게 웃고 있었 다. 결국 보다 못한 현우가 입을 열었다.

"유희야, 괜찮아?"

"오빠, 저 괜찮아요. 여기 있다는 것 자체도 너무 기쁘고 행 복한걸요."

"후우, 그래?"

서유희는 서유희였다. 착하디착한 서유희를 보며 현우는 오 히려 더 속이 상해 버렸다. 그렇지만 서유희 앞에서 차마 내색 할 수 없어 조용히 시상식을 지켜보기로 했다.

이제 남은 시상은 남우주연상과 여우주연상, 그리고 감독 상과 최우수작품상뿐이었다. 사실상 이번 영화제의 주요 상 만 남아 있는 상황이었다.

남우주연상의 유력한 후보로는 송민혁이 거론되고 있었다. 올해 유명 남자 배우들이 부진한 까닭도 있었지만 '그그흔'에서 보여준 연기력은 두고두고 회자되고 있었다.

40대 남자 배우들로 가득한 충무로에 보석 같은 20대 남자 배우가 등장했다며 송민혁에게 걸고 있는 기대가 매우 컸다.

"백룡영화제! 남우주연상! 송! 민! 혁!"

그리고 현우의 예상대로 남우주연상에 송민혁의 이름이 거론되었다. '그그흔' 팀은 그야말로 축제 분위기였다. '그그흔'이 7관왕을 기록하고 있었다.

수많은 선후배 배우들의 축하 속에서 송민혁이 무대 위에 올랐다.

"어, 음, 뭐라고 말을 해야 할지 어렵습니다. 고민도 많고요. 여러분도 아시다시피 저는 무명 배우였습니다. 길거리를 다니면 아무도 저를 몰라봤죠. 그게 저 송민혁이었습니다. 하지만 김성민 감독님께서 끝까지 저를 지켜주셨습니다. 제가 마음먹은 대로 편하게 김정훈을 연기할 수 있도록 말입니다. 그리고 형, 김현우 대표님, 고맙습니다. 형이 끝까지 저를 주연배우로 밀어주셨단 거 다 들었습니다. 이 은혜는 꼭 갚겠습니다. 그리고 저희 영화를 사랑해 주신 많은 관객 여러분, 더 좋은 영화로 찾아뵙겠습니다. 감사합니다!"

박수가 쏟아졌다.

이제 남은 건 여우주연상뿐이었다. 후보만 봐도 너무 쟁쟁했다. 일단 정아진이 유력한 여우주연상 수상자로 거론되고 있었다. 올해 서른두 살의 여배우는 커리어에 정점을 찍고 있었다.

—여우주연상은 100% 정아진.
—ㅇㅈ 올해 히트시킨 영화만 두 개.
—정아진 씨, 축하합니다!
—정아진, 세 번이나 여우주연상 타네. 대단하다.
—답은 정아진!

현우처럼 대중들 또한 정아진의 수상을 예측하고 있었다.
현우는 끝내 서유희가 수상하지 못한 것이 너무 아쉬웠다.
'드라마 끝나는 대로 유희, 영화 들어가야겠다.'
괜히 서유희에게 미안했다. 그간 엘시 솔로 앨범 활동으로, 또 신현우의 복귀 프로젝트로 인해 신경을 거의 써주지 못했다. 김철용에게 서유희를 거의 맡겨놓다시피 했다. 또 가수 기획사에서 서유희는 유일한 배우였다.
여러모로 신경을 제대로 써주지 못한 것 같아 미안했다.
그사이 유범진이 진행을 이어나갔다.
"음, 송민혁 후배님의 감동적인 소감을 들어서 그럴까요? 떨리네요. 자, 곧바로 여우주연상 수상자를 발표하겠습니다! 이수희 씨?"

"네, 발표하겠습니다. 백룡영화제! 올해의 여우 주연상!"

이수희가 뜸을 들였다.

"그와 그녀의 흔한 첫사랑의 서유희 씨!"

서유희라는 이름 세 글자에 평화의 전당이 그대로 멈춰 버렸다.

　─헐! 누구? 서유희?

　─????????

　─미친! ㅋㅋㅋ

　─진짜 서유희야? ㄷㄷ

정아진이 여우주연상을 수상할 것이라는 모두의 예상을 깨고 신인 여배우인 서유희가 여우주연상을 수상한 것이다. 하지만 놀라는 것도 잠시, 선후배 배우들이 서유희를 인정하기 시작했다. '그그혼'에서 서유희가 보여준 광기의 연기는 천만 영화의 신빙성을 더해주고 있었다.

그사이 이수희가 다시 마이크를 잡고 서유희를 소개하기 시작했다.

"신인 여배우 서유희 씨는 스물네 살이라는 어린 나이임에도 영화 '그와 그녀의 흔한 첫사랑'에서 순수하고 어린 캐릭터를 훌륭히 소화했습니다. 또한 순수하던 스무 살 여성이 한 남자에 의해 어디까지 망가질 수 있는가를 훌륭하게 연기해 내며 천만 영화에 걸맞은 연기력을 보여주었습니다. 그로 인해 대중과 평단의 극찬을 받았고, 아홉 분의 심사위원 중 여섯 분이 서유희 씨를 여우주연상 수상자로 지목해 주셨습니다. 축하드립니다, 서유희 씨!"

모든 사람의 시선이 서유희에게로 쏠려 있었다.

서유희의 커다란 눈동자에서 눈물방울이 주르륵 흘러내리기 시작했다. 서유희가 현우를 쳐다보았다. 하지만 흘러내리는 눈물 때문에 현우의 얼굴이 제대로 보이지 않았다. 서유희가 손을 뻗어 현우를 확인했다.

"오, 오빠, 정말 저예요? 저 맞아요?"

"맞아, 유희야! 축하한다! 여우주연상이다, 여우주연상!"

현우가 잔뜩 흥분했다. 후보에 서유희가 있긴 했지만 그야말로 형식적인 후보일 뿐이었다.

내로라하는 유명 여배우도 일생에 한 번 탈까 말까 한 상이 바로 여우주연상이었다. 그런데 신인 여배우인 서유희가 기라성 같은 선배들을 제치고 당당히 여우주연상을 수상했다.

서유희가 손바닥으로 얼굴을 가린 채 펑펑 울고 있었다. 얼마나 우는지 몸도 제대로 가누지 못할 정도였다.

영화 팬들과 선후배 배우들의 격려가 쏟아졌다.

"오빠, 오빠가 도와줘야 할 것 같아요. 어서요!"

보다 못한 송지유가 현우의 팔을 흔들며 말했다.

"오케이. 유희야, 걸을 수 있겠어?"

"다, 다리에 힘이 없어요."

서유희가 눈물을 흘리며 고개를 저었다. 너무 놀라 다리에 힘이 풀린 서유희였다. 아무리 일어나려고 힘을 줘도 다리가 말을 듣지 않았다.

결국 현우가 자리에서 일어났다.

"형님, 저 좀."

"그래, 현우야."

현우와 신현우가 서유희의 손을 하나씩 잡았다. 서유희가 간신히 자리에서 일어났다. 혹여나 서유희가 넘어질까 현우와 신현우는 조심스럽게 서유희를 에스코트했다.

현우와 신현우의 손을 잡고 서유희가 겨우 무대 위로 올랐다. 많이 진정이 되었지만 서유희는 아직까지도 눈물을 흘리고 있었다.

하지만 그 누구도 서유희를 이상하게 생각하지 않았다.

"……"

서유희가 입술을 깨물며 애써 울음을 삼켰다. 유범진과 이수희가 꽃과 트로피를 서유희에게 건넸다. 그리고 이수희가 서유희를 따듯하게 안아주었다.

"유희 씨, 축하해요. 유희 씨는 자격이 있어요."

"감사합니다, 선배님."

"이제 씩씩하게 소감 말해요. 알았죠?"

살짝 속삭이고 이수희가 서유희의 등을 토닥여 주며 뒤로 물러섰다.

서유희가 마이크 앞으로 섰다. 그리고 객석을 쳐다보았다. 수많은 영화 팬들과 배우들의 시선이 쏟아졌다. 하지만 서유희의 시선은 오직 현우에게 향해 있었다.

현우도 붉어진 눈동자로 고개를 끄덕거려 주었다.

"울지 마! 울지 마!"

"서유희 예쁘다!"

"여우주연상 여배우 예쁘다!"

여기저기에서 응원이 쏟아졌다. 서유희가 흘러내리는 눈물을 훔쳤다. 잠시 두 눈을 감고 감정을 다스렸다. 겨우 진정이 된 서유희가 조용히 두 눈을 떴다.

"안녕하세요? 스물네 살 여배우 서유희입니다."

심신을 편안하게 해주는 고운 목소리가 평화의 전당 안으로 울려 퍼졌다.

─목소리 고운 거 봐라. ㅋㅋ

─스물네 살 여배우 서유희라는 말이 왜 이렇게 감동스럽지?

─하, 우리 가족들 다 울고 있음. ㅠㅠ

─서유희, 탈 만했다. '그그흔' 본 사람들은 동감할 거야.

─ㅇㅈ 서유희 때문에 세 번 봤어요!

─정아진도 연기 잘하긴 했지만 천만 영화는 넘사벽이지.

─애초에 천만 영화는 못 이기죠. 그리고 서유희가 신인 배우라 오히려 화제가 덜 된 거지, 정아진 같은 배우가 정서 역 연기했으면 더 화제였을걸요?

─그거는 인정!

─서유희 대박이다, 진짜. 오늘 마무리를 서유희가 하네?

─어울림 엔터테인먼트 복 터졌네! ㅋㅋ

─서유희가 복 터진 거죠. 김현우 대표 안목 어쩔?

─김현우도 이제 갓 현우라고 불러줍시다.

─갓 현우 당신은 대체?

─이거 연말 시상식도 어울림 싹쓸이 각;

온라인 플랫폼 시청자들도 뜨거운 반응을 보내오고 있었다. 그리고 하나같이 서유희의 연기력을 인정하고 있었다.

감정을 추스른 서유희가 다시 소감을 이어갔다.

"제가 이렇게 큰 상을 받을 자격이 있는지 잘 모르겠어요. 과분한 상을 주셔서 감사합니다. 정아진 선배님처럼 많은 사람들에게 기억되는 여배우가 되고 싶습니다. 선배님, 존경해요. 선배님의 연기를 보면서 오늘의 제가 존재할 수 있었던 같아요."

유력 수상자이자 선배인 정아진에게 공을 돌리는 서유희의 인성에 여기저기에서 칭찬이 쏟아졌다. 스크린에 잡힌 정아진도 서유희를 향해 아낌없는 박수를 보내고 있었다.

"영화를 사랑해 주시는 모든 분께 정말 감사합니다. 그리고 우리 대표님."

갑자기 서유희가 또 눈물을 흘렸다. 서유희와 함께 동고동락한 어울림 식구들도 다 눈물을 훔쳤다. 현우도 무대 바로 아래서 서유희를 지켜보고 있었다.

"우리 대표님은 보잘것없는 작은 들꽃이던 저를 외면하지 않으셨어요. 들꽃이 스스로를 포기하려 했을 때 손을 내밀어 주셨어요."

순간 현우의 눈동자가 커졌다. '스스로를 포기하려 했을 때'라는 그 말의 의미를 알 것 같았기 때문이다.

'정말 죽으려고 한 거였어? 유희가?'

그동안 의문으로만 남아 있던 비밀이 풀리는 순간이었다. 언젠가 꼭 말해주겠다는 그 약속을 서유희가 지키고 있었다.

"이 영광을 작은 들꽃이던 저를 활짝 꽃 피게 해주신 우리 대표님께 돌리고 싶습니다. 오빠, 항상 감사합니다."

서유희가 단아하게 고개를 숙여 보였다.

엄청난 환호와 박수가 쏟아졌다. 그리고 서유희가 무대 밑에서 기다리고 있는 현우에게 손을 내밀었다. 그리고 함께 걸음을 옮겼다.

"오빠."

서유희가 현우를 불렀다. 현우도 걸음을 옮기며 입을 열었다.

"너… 그런 거였어? 아니, 아니다. 약속 지켰으니까 더는 묻지 않을게."

"고마워요."

"나는 그렇다 쳐도 넌 지유한테 죽었어, 이제."

현우가 피식 웃으며 말했다. 서유희도 작게 웃었다. 펑펑 울다가 웃고 있는 서유희를 보며 현우가 쓰디쓴 미소를 머금었다.

"울지 마. 정든다. 아니지. 이미 정은 들었지."

*　　　　*　　　　*

어울림 엔터테인먼트로 인해 큰 관심을 불러일으킨 백룡영화제는 그 기대치만큼이나 많은 이야깃거리를 쏟아내었다.

[아이돌의 왕 엘시! 축하 공연 화제!]

[i2i, 역대급 무대 연출! 배하나의 꽈당 퍼포먼스!]

[백룡영화제는 김현우 대표도 춤추게 한다?]

[불꽃 락커 신현우! 비와 당신 열창하며 심금을 울려!]

[영화제도 국민 소녀 열풍! 송지유 신인상 수상!]

[김현우 대표와 송지유! 달달한 케미에 역대급 시청률!]

[천만 영화 '그그흔', 백룡영화제 싹쓸이!]

[김성민 감독, 신인감독상에 이어 감독상까지 수상!]

['그그흔', 백룡영화제 올해의 최우수작품상 수상!]

포털 사이트는 온통 어울림 엔터테인먼트와 관련된 기사들
로 도배되다시피 했다.

김성민 감독이 신인감독상과 감독상을 수상했고, '그그흔'
이 최우수작품상을 수상하는 영광을 떠안았다.

하지만 무엇보다도 이번 백룡영화제에서 가장 큰 화제가 되
고 있는 건 바로 서유희의 여우주연상 수상이었다.

특히 서유희가 현우를 보며 남긴 소감이 두고두고 회자되고
있었다.

[여배우 서유희, 여우주연상 수상! 특별한 소감도 큰 화제!]

스물네 살 무명 여배우이던 서유희가 관록의 여왕 정아진을
제치고 백룡영화제 여우주연상을 수상했다. 멜로 영화 역사상
첫 천만 영화를 기록한 '그그흔'의 여자 주인공 중 한 명이던

서유희는 대중과 평단을 모두 사로잡는 연기를 선보였다는 평가를 받았고, 결국 여우주연상 수상이라는 쾌거를 낚았다. 또한 이날 서유희는 자신을 '들꽃'에 비유하며 들꽃인 자신을 활짝 피게 한 장본인이 김현우 대표라며 남다른 고마움을 표시했다.

─들꽃 배우 서유희. (공감 7,853/비공감 107)

─서유희 씨, 오늘 축하드립니다! (공감 7,021/비공감 184)

─소감 좋았습니다. 길가에 아무렇게나 피어 있는 들꽃이라. 그리고 그 들꽃을 피게 해준 김현우 대표까지. 감동! 또 감동! (공감 6,218/비공감 99)

─서유희 배우 연기 진짜 잘하지요. 연민정 역도 진짜 악녀 같고요. ㅎㅎ (공감 5,705/비공감 210)

─이쯤 되면 김현우 대표에게도 뭐라도 줘야 되는 거 아닌가요?! (공감 5,311/비공감 42)

청담동에 위치한 고급 갈비 가게 안이 시끌벅적 소란스러웠다. '그그혼' 팀과 어울림 엔터테인먼트 식구들이 모두 모여 뒤풀이가 한창이었다.

"마셔라! 마셔라! 마셔라!"

"아니, 이거 뭔데? 뭔지는 알아야 마실 거 아닙니까?"

현우가 테이블 앞에 놓인 커다란 대접을 놓고 경악하고 있었다. 잠깐 화장실에 다녀온 사이 축하주가 만들어져 있었다. 대접 안에는 막걸리와 소주, 맥주, 심지어 i2i 멤버들이 먹고 있던 음료수까지 잔뜩 섞여 있었다.

"축하주라면서 이게 뭡니까? 이거 먹으면 죽는 거 아니에요?"

"남자가 뭐 그렇게 겁이 많습니까, 대표님?"

"아니, 박 대표님, 자기 일 아니라고 너무하시는 거 아닙니까? 이거 색깔이 시커먼 게 마치 사약 같잖아요!"

"헤헤! 제가 콜라 한 통 다 넣었어요!"

"너였냐, 배하나? 예쁘게 봐달라면서?"

"엘시 선배님은 소주 한 병 통째로 넣으려고 했거든요?"

"그랬어?"

알고 보니 배하나가 현우를 살려준 꼴이었다.

"뭐라도 주라는 댓글은 누가 달아가지고. 근데 축하주 아닙니까? 내가 축하받을 일이 뭐 있어요? 오늘 상 탄 사람들끼리 나눠 마십시다."

현우의 제안에 다들 대답이 없었다.

"흑기사 해주실 분?"

역시나 대답이 없었다.

"손 실장 전화네요. 급한 일인가? 잠시 통화 좀."

자리에서 일어나려는데 가게 문이 열리며 마침 손태명이 나타났다.

"오빠! 태녕 오빠 전화라면서요?"

송지유가 눈을 가늘게 떴다. 그사이 현우의 앞을 엘시가 딱 가로막았다. 그리고 사악한 미소와 함께 입을 열었다.

"죄인은 사약을 들라!"

엘시의 사극 톤에 회식 장소가 웃음바다가 되어버렸다. 업무를 보느라 늦게 도착한 손태명과 다른 어울림 직원들의 눈동자가 휘둥그레졌다.

현우 앞으로 제법 큰 대접이 덩그러니 놓여 있었다.

"저거 뭐야? 한약이야? 색깔이 왜 그래?"

"응, 한약 맞아. 태명아, 혹시 흑기사 할래?"

손태명이 급히 송지유와 엘시를 쳐다보았다. 송지유는 고개를 젓고 있었고, 엘시도 양팔을 교차해 X 자를 그리고 있었다. 서유희는 입을 가린 채로 그저 웃고만 있었다.

"지금까지 일만 하다가 왔는데 흑기사를 하라고? 그냥 네가 다 마셔."

눈치를 챈 손태명이 손사래를 쳤다.

"하아, 이거 아무도 안 도와주네."

현우가 머리를 긁적였다. 최영진과 고석훈도 시선을 피하고 있었다. 그런데 신현우가 조용히 한 손을 들었다.

"형님!"

구세주를 만난 듯 현우가 간절한 시선으로 신현우를 쳐다 보았다. 신현우가 픽 웃었다.

"반은 내가 마셔줄게, 현우야."

"역시 형님밖에 없습니다!"

"오빠, 저도 조금 마실 수 있어요."

오늘의 주인공이라 할 수 있는 서유희까지 나섰다. 현우가 고개를 저었다.

"아니지. 여우주연상을 수상한 여배우가 이런 걸 마시면 쓰나? 좋은 것만 마셔야지. 그런 의미에서 서유희 매니저 철용아."

"예, 형님! 제가 먼저 마시겠습니다!"

상남자 김철용이 기다렸다는 듯 대접을 들고 벌컥벌컥 들이마셨다. 순식간에 3분의 1이 사라져 버렸다.

"흐!"

탕!

김철용이 대접을 테이블 위로 내려놓았다. 이윽고 신현우가 대접을 받아 들었다. 그리고 조용히 대접을 비워 나갔다.

i2i 멤버들이 신현우를 응원하기 시작했다.

"우와! 삼촌 짱!"

"누구랑은 완전 달라!"

"삼촌! 그만 마시세요! 대표님이 마셔야 하는데!"

이지수가 신현우의 어깨를 잡고 흔들었다.

"됐어."

신현우가 현우에게 대접을 건넸다. 김철용과 신현우가 반이나 넘게 마셔준 덕분에 남은 양은 그리 많지 않았다.

"빨리 마셔요. 맥주는 물보다 잘 마시면서."

송지유가 현우를 흘겨보며 타박했다.

"주리를 틀기 전에 죄인은 서둘러 사약을 비워라!"

엘시의 사극 톤은 여전했다. 결국 현우는 두 눈을 질끈 감고 축하주를 마시기 시작했다. 순식간에 현우가 대접을 깨끗하게 비워냈다.

"자, 끝! 축하주 또 만듭시다!"

현우가 이를 악물고 작정을 했다. 혼자서만 이런 영광을 떠안을 수는 없었다.

"감독님께서도 축하주 한잔하셔야죠. 상을 세 개를 타셨잖아요?"

"저 말입니까? 저 술 잘 못합니다, 현우 씨."

김성민 감독이 발뺌을 했다. 현우의 시선이 이번에는 만만한 송민혁에게로 향했다.

"민혁아, 한잔해야지?"

"형, 저 어제부터 보약 먹습니다."

송민혁의 넉살에 여기저기에서 웃음이 터졌다.

"지유야, 한잔할래?"

"가수는 목이 생명인 거 몰라요?"

"…다연아?"

"어허! 어디 죄인이 말을 놓는 것이냐! 네 이놈! 정녕 수청을 들고 싶은 것이냐!"

아무 말 대잔치에 현우가 피식 웃어버렸다. 그러다 이솔과 눈이 마주쳤다. 이솔이 안타까운 표정을 하고 있었다. 그러더니 얼른 일어나 현우의 옆에 앉았다.

"대표님, 이거."

숙취 해소 음료였다. 어느새 챙겨놓은 모양이다. 현우의 입이 귀에 걸렸다.

"역시 챙겨주는 건 솔이밖에 없구나. 우리 솔이가 얼른 어른이 됐으면 좋겠네. 서러워서 못살겠다."

"헤헤, 저 얼른 클게요!"

이솔이 거북이 웃음을 흘렸다.

*   *   *

새벽 2시가 넘도록 화기애애한 분위기 속에서 회식이 이어졌다. 축하주를 제외하곤 다들 적당히 술을 마시는 분위기였다. 그간 나누지 못한 진솔한 대화들이 오고 갔다.

말없이 i2i 멤버들을 챙기고 있던 신현우가 조용히 자리에서 일어나 가게 밖으로 나갔다. 현우가 그런 신현우를 발견하곤 얼른 뒤따라 나섰다.

가게 밖은 한산했다. 현우가 신현우를 불러 세웠다.

"가시게요, 형님?"

"가봐야지. 잠깐 들를 곳도 있고."

적당히 기분 좋게 취기가 오른 두 사람이 서로를 마주했다. 신현우가 현우의 어깨 위로 손을 올려놓았다.

"오늘 고생 많았다."

"제가요? 제가 뭐 한 게 있나요? 축하주 한 사발 마신 것 빼곤 뭐."

신현우가 씩 웃었다. 말은 그렇게 해도 회식 내내 현우는 '그그흔' 팀과 어울림 식구들을 살뜰히 챙기고 있었다. 그러다 보니 나이가 어린 i2i 멤버들까지 회식 자리를 즐거워하고 있었다.

"끝까지 같이 있어주지 못해서 미안하다, 현우야."

"영진이도 있고 철용이, 석훈이도 있으니까 걱정 말고 먼저 들어가세요. 지혜랑 지선이가 기다리고 있을 겁니다."

"그래, 연락할게."

현우가 택시를 잡아주었다. 그리고 택시비를 챙기는 것도 잊지 않았다.

"나 돈 있다, 현우야."

"지혜한테 잔소리 듣기 싫어서요."

"하하, 그래."

현우는 멀어지는 택시를 한참이나 지켜보았다.

* * *

딸랑딸랑.

작은 종이 울리며 손님이 찾아왔음을 알렸다.

신현우였다. 가로등 조명을 받으며 신현우가 서 있었다.

"아니, 자네?"

"응? 여긴 왜 왔어?"

김형식 사장과 남훈이 소주잔을 내려놓으며 깜짝 놀랐다. 백룡영화제 시상식을 마치고 뒤풀이 장소에 있어야 할 신현우가 이곳으로 찾아왔기 때문이다.

"회식이 벌써 끝났나? 현우가 오늘은 늦게까지 회식할 거라고 했는데?"

"아직도 회식 중입니다, 사장님."

신현우가 오래된 소파에 털썩 앉았다. 그리고 테이블을 살펴보았다. 과자 몇 봉지, 근처 백반 가게에서 포장해 온 김치찌개가 양은 냄비에 담겨 있었다. 그리고 소주병과 일회용 소주잔까지. 참으로 소박한 술상이었다.

신현우가 슥 고개를 들어 김형식 사장을 쳐다보았다.

"허허, 양주가 비싸면 뭐 하나? 입에 맞아야 말이지."

"그렇지! 소주가 최고 아니겠어?"

남훈까지 김형식 사장을 거들었다. 신현우가 조용히 웃으며 쇼핑백 하나를 테이블 위로 올려놓았다. 향긋하고 고소한 양념 냄새가 진동했다.

"그게 뭔가?"

"지유가 사장님 가져다 드리라고 챙겨주더군요."

"그랬나? 하하! 역시 지유야!"

김형식 사장이 서둘러 포장을 뜯었다. 일회용 은박지 그릇 안에 잘 익은 고급 갈비가 정갈하게 놓여 있었다.

"최고의 안주군. 자네도 한잔할 텐가?"

"예. 그러려고 왔습니다, 사장님."

김형식 사장이 신현우의 잔에 소주를 채워주었다.

"뭐 하러 여길 왔나? 우리랑 있는 게 뭐가 재밌어?"

신현우는 그저 웃기만 했다.

"형님, 그럼 보냅시다. 거 좋으면서 뭐 그리 투덜대십니까?"

"허허, 들켰나?"

"하하!"

신현우는 결국 웃고 말았다.

"지선이 수술이 다음 주라고 했나?"

"예, 사장님."

"잘될 걸세. 부족한 게 있으면 언제든 현우한테 이야기해."

"예. 그렇게 하겠습니다, 사장님."

그렇게 말하고 신현우는 잔을 비웠다. 그러고는 나눔 기획사를 둘러보았다. 이상하게 작고 초라한 이곳만 오면 마음이 편해졌다.

"앨범 준비는 잘되어가는 건가?"

"예, 지선이 수술 끝나면 녹음 들어갈 것 같습니다."

"현우 그 녀석이 일 처리 하나는 빨라. 날 닮았거든."

"그렇죠. 사장님과 현우는 많이 닮았습니다.

신현우가 조용히 웃었다. 그때였다.

드르륵.

문자가 왔다. 김형식 사장이 서둘러 핸드폰을 확인했다.

"누님입니까, 형님?"

"음, 문자가 왔는데?"

김형식 사장이 신현우에게 문자를 보여주었다.

[지금이 몇 시예요? 현우도 오늘 늦게 온다고 하고. 에휴. 알았어요. 오늘 좋은 날이니까 원 없이 마시고 들어와 봐요.]

김형식 사장이 빙그레 웃었다.

"허허, 오늘은 늦게까지 한잔해도 될 것 같군. 현우 엄마도 기분이 좋은 모양이야."

"예?"

신현우가 고개를 갸웃했다. 아무리 봐도 일찍 들어오라는 뉘앙스였다.

"사장님도 젊을 적에 눈치가 없으셨습니까?"

"눈치? 어떤 눈치?"

"연애 같은 거 말입니다."

"말도 말게. 정희 누님 아니었으면 형님은 절대 결혼 못 했네."

남훈이 옛 기억을 떠올리며 진저리를 쳤다.

"유전이군요."

신현우가 피식 웃었다.

새벽 4시. 어울림 엔터테인먼트 역사상 가장 오랜 시간 동안 회식이 이어지고 있었다. i2i 멤버들은 새벽 두 시가 조금 넘어 이혜은과 유선미의 인솔 아래 숙소로 돌아갔다.

그간 현장에서 일하느라 음주를 자제하던 매니저들이 가장 술에 취해 있었다. 상대적으로 술이 약한 최영진은 아예 벽에 기대어 자고 있었고, 김철용은 서유희의 흑기사를 하느라고 잔뜩 취해 있었다. 고석훈도 엘시의 장난을 받아주느라 제정신이 아니었다.

"아니, 이거 뭔데?"

"내가 묻고 싶다. 난 왜! 또! 여기서조차 뒤처리를 해야 하는 거냐? 나 오늘 소주 한 병도 못 마셨어!"

손태명이 절규했다. 현우가 백룡영화제에 참석해서 온갖 스포트라이트를 다 받는 동안 손태명은 업무를 봐야 했다. 간신히 일을 마치고 가벼운 마음으로 회식에 합류했는데 또 이 모양 이 꼴이었다.

그야말로 초토화였다. 술이 세기로 유명한 김성민 감독도 눈이 풀려 있었다. 박창준 대표는 아예 드러누워 자고 있었다.

"일단 멀쩡한 사람들 손 하자!"

"송지유 손!"

"이다연 손!"

"서유희 손!"

송지유와 엘시, 서유희가 차례로 손을 들었다. 다들 볼에 홍조가 어린 것이 제법 취해 보였다. 셋이 서로를 껴안으며 사이좋음을 자랑했다.

"왜 이래요, 다?"

화장실을 다녀온 송민혁이 머리를 긁적였다.

"민혁아, 감독님이랑 박 대표님, 세영 씨는 네가 맡아라."

"그럴게요. 형, 근데 괜찮겠어요? 어울림 식구들 완전히 맛 간 거 같은데요?"

"나랑 태명이가 챙기면 되니까 너부터 일단 저 사람들 맡아라."

"그러죠, 뭐."

송민혁이 박창준 대표의 귓가에다 대고 입을 열었다.

"박 대표님, 사모님 오셨습니다!"

"여, 여보?! 응? 나 딱 한 잔 마셨어!"

박창준 대표가 화들짝 놀라며 잠에서 깼다. 그리고는 주변을 둘러보다 길게 한숨을 내쉬었다.

"하하!"

현우가 크게 웃었다. 늘 허세 가득한 양반이 사모님이라는 소리에 술까지 깨버렸다.

"유부남 아니랄까 봐. 재밌죠, 형?"

송민혁이 그렇게 말하곤 박창준 대표를 일으켜 세웠다. 그리고 두 사람이 힘을 합쳐 김성민 감독과 진세영을 챙기기 시작했다.

이제 남은 건 어울림 식구들이었다.

"김현우, 네가 저 세 분 모셔다 드려라. 나는 우리 매니저들 챙길 테니까."

"내가?"

"응, 네가 양심이 있다면."

"하아, 알았다."

손태명이 최영진과 고석훈, 김철용을 챙기는 사이 현우는 세 여자에게로 다가갔다. 서로 꼭 껴안고 있는 게 마치 한 몸 같았다.

송지유가 현우를 슥 올려다보았다.

"김현우 왔냐?"

"와, 왔냐?"

"그래, 왔냐고."

현우가 벙찐 얼굴을 했다. 반말을 하는 게 너무 자연스러웠다. 그래도 송지유의 흐트러진 모습이 제법 신선하고 귀여웠다.

"송지유 완전 취해 버렸네. 유희는 자는 것 같고."

송지유의 품에 안겨서 서유희는 그새 잠이 들어 있었다. 엘시가 그나마 멀쩡해 보였다.

"다연아, 오빠 좀 도와줘."

엘시가 스르르 자리에서 일어났다. 그리고 현우를 쳐다보았다.

"지유 부축해 줄래? 유희는 내가 어떻게 해볼 테니까."

"무엄하구나. 내가 누군지 아느냐?"

"하아!"

현우는 이마를 짚었다. 주사였다. 축하주를 사약이라고 말하며 회식 내내 사극 놀이를 하더니 결국 주사를 부리는 것 같았다.

현우는 피식 웃으며 무심코 말을 꺼냈다.

"혹시 그쪽이 조선의 국모이십니까?"

"…어떻게 알았느냐?"

엘시가 당황하며 뒤로 물러섰다.

"맞아?"

현우가 얼어붙었다. 이쯤 되니 조금 무서워졌다. 엘시의 표정이 너무 리얼했다. 그때였다. 갑자기 서유희가 눈을 뜨더니 현우를 노려보았다.

"야, 빨리빨리 집에 안 보내?"

"어? 나?"

"여기 너밖에 더 있어? 나 누군지 몰라? 나, 연민정이야, 이 쓸모없는 자식아!"

서유희마저 연기로 주사를 부리고 있었다. 현우가 급히 주변을 둘러보았다. 송민혁도 손태명도 이미 사람들을 챙겨서 가버린 상황이었다.

*　　　　*　　　　*

연희동의 작은 아파트 입구에 검은색 밴 한 대가 멈춰 섰다. 운전석에서 퉁퉁한 체격의 정훈민이 내렸다.

　드르륵.

　문을 열자 밴 안에서 노랫소리가 흘러나왔다. 드라마 명성황후의 OST '나 가거든'을 엘시와 송지유가 화음까지 넣어가며 흥얼거리고 있었다.

　"하하하! 와나, 진짜 미치겠네!"

　정훈민이 크게 웃었다. 내내 시달리던 현우는 넋이 나가 있었다.

　"훈민이, 수고했어."

　"큰 공을 세웠구나, 정훈민."

　"하하하!"

　송지유와 엘시를 보며 정훈민이 너무 웃겨서 눈물까지 흘렸다. 현우가 고개를 절레절레 흔들며 밴에서 내렸다.

　"현우야, 얘네 대체 뭐냐? 일부러 이러는 거지, 이거?"

　"차라리 그랬으면 좋겠네요. 형, 여기 잠깐 있으세요. 유희 들여보내고 올게요."

　현우가 얼른 서유희를 부축했다.

　무사히 서유희를 집으로 들여보내고 현우가 다시 돌아왔다. 돌아와 보니 송지유와 엘시가 서로 머리를 맞대고 잠들어 있었다.

"휴우, 드디어 자네. 살겠네요, 좀."

"이거 진짜 대박이지 않냐? 나 예능 나가서 오늘 일 말해도 되냐, 현우야?"

"상관은 없습니다만, 방송 나가면 지유랑 다연이가 가만있 지 않을 겁니다."

"그건 그렇겠네."

현우의 말에 정훈민이 아쉬워했다. 두 사람은 나란히 밴으 로 올라탔다.

"형님, 고마워요."

"고맙기는, 마침 스케줄 끝나고 들어가는 길이었어. 그리고 축하한다. 오늘 너희 기획사에서 상 휩쓸었다며? 지유는 신인 상에 아까 그분은 여우주연상까지 타고."

"운이 좋았죠."

"그렇게 말할 줄 알았다. 이제 어디로 갈까?"

"다연이네 집으로 먼저 가죠."

"다연이? 그러고 보니 너 밀 놓기로 했나?"

"어쩌다 보니 그렇게 됐습니다. 의남매 하기로 했어요. 지유 까지 포함해서."

"이야, 도원결의 아니냐?"

"뭐, 그렇죠."

현우가 조용히 웃었다. 그때 정훈민이 몸을 돌려 현우를 쳐다보았다.

"현우야."

"네, 형님."

"의남매 말이다."

정훈민의 목소리가 무거웠다. 현우도 정훈민을 쳐다보았다. 둘 사이에 진지한 분위기가 흘렀다.

"너 지유 마음 진짜 모르냐?"

정훈민이 돌직구를 날렸다. 현우가 멈칫했다. 정훈민은 그걸 놓치지 않았다.

"너 알고 있는 거지? 그렇지?"

"음, 그동안 몰랐습니다. 그냥 지유가 저를 아빠처럼, 오빠처럼 의지하는 걸로만 알았죠. 그런데 오늘은 알 것 같더군요."

"근데 인마, 왜 의남매를 했어? 너도 지유 싫지 않잖아?"

"저는 기획사 대표이고 지유는 소속 연예인이니까요."

교과서적인 대답이었지만 정훈민은 할 말이 없었다. 어지간한 스캔들보다 더 치명적인 스캔들이 바로 기획사 대표와 소속 연예인 간의 스캔들이었다.

"너 언제까지 모른 척할 수 있을 것 같아?"

"제가 최대한 노력을 해봐야죠. 지유가 힘들지 않게요."

현우가 씩 웃으며 대답했다. 정훈민도 더 이상 묻지 않았다.

정훈민이 밀없이 현우의 어깨를 두들겼다.

검은색 밴이 지하 주차장에 세워졌다. 현우가 얼른 조수석에서 내렸다.

드르륵.

밴 문을 열어보니 송지유와 엘시가 깨어 있었다.

"너희 언제 깼어?"

"방금."

"응, 방금."

송지유의 말을 엘시가 받았다. 현우는 엘시부터 살펴보았다. 술이 많이 깬 것 같았다. 더 이상 조선의 국모가 아니었다.

"일단 다연이 내리자. 집 다 왔어."

"싫어요. 지유랑 있을 거예요."

"그래?"

현우가 머리를 굴렸다.

"그럼 오늘 다연이 네가 지유 하룻밤만 재워줘라. 괜찮지?"

"나야 좋지!"

"나도."

현우는 속으로 쾌재를 불렀다. 두 짐 덩어리를 한 번에 해결하게 생겼다.

"우리 집에서 2차 콜?"

"뭐, 2차?"

엘시의 제안에 현우가 얼굴을 찌푸렸다.

"다음에 마시자. 지유도 졸린 것 같고 하니까."

"2차 콜!"

별안간 송지유가 2차 콜을 외쳤다.

"아니, 이것들이 끝까지 진상이네. 술도 잘 못 마시는 애들을 누가 이렇게 마시게 했냐, 현우야?"

"제 잘못이에요. 술 게임 하다가 송민혁 그 자식한테 자꾸 지는 바람에 둘이서 흑기사 해줬거든요."

"그랬냐? 그럼 책임을 져야지."

"형?"

현우는 당황스러웠다. 정훈민이 재미있다는 표정을 짓고 있었다.

"오빠, 2차!"

"2차!"

엘시와 송지유가 나란히 졸라댔다. 현우가 엄한 얼굴을 했다.

"안 돼!"

"2차!"

"2차!"

"안 된다고 했다."

송지유가 길게 한숨을 내쉬었다. 그러더니 흐트러진 머리카락을 정리하고 자세를 바로 했다.

"오빠~"

"엥? 갑자기?"

"당연히 첫 잔은 원샷이겠죠? 반 샷 안 돼요~ 반 샷 안 돼요~ 언제까지 어깨춤을 추게 할 거야? 응? 응?"

대박 히트를 친 오늘처럼의 소주 광고가 눈앞에서 펼쳐졌다. 마지막에는 콧소리까지 섞어서 애교를 부렸다.

"......."

현우가 멍한 얼굴을 했다. 얼굴이 절로 벌게졌다. 정훈민이 현우를 보더니 어깨를 툭툭 쳤다.

"이 정도까지 하는데 그냥 마셔줘라. 그럼 형 간다."

"형님?"

정훈민이 엘시와 송지유를 내려주고는 얼른 밴으로 올라탔다. 그리고 지하 주차장을 빠져나갔다.

"언제까지 어깨춤을 추게 할 거야~"

이제는 아예 엘시까지 합세해서 어깨춤을 추고 있었다. 피식 웃으며 결국 현우는 포기했다.

"가자. 그럼 딱 한 잔만 하는 거다?"

삑, 삑.

도어락을 해제하고 현우가 문을 열었다. 엘시와 송지유가 아무렇게나 구두를 벗고 집 안으로 들어섰다. 현우는 또 그 구두들을 깔끔하게 정리했다.

"술 마셨으니까 해장부터 하자. 다연아, 냉장고 좀 써도 되지?"

"네. 뭐든 오빠 마음대로 하세요."

엘시의 능글맞은 농담에 현우가 고개를 저으며 주방으로 향했다. 저번에 김정우 가족이 머물러서 그런지 식재료가 가득했다.

"간단하게 먹고 싶은 거 있으면 말들 해봐!"

현우가 거실 쪽을 향해 소리쳤다.

"떡볶이!"

"떡볶이!"

송지유와 엘시가 입을 모아 메뉴를 정했다.

'떡볶이? 떡볶이가 해장이 되던가? 모르겠다. 일단 만들어 보자.'

즉석에서 메뉴가 정해졌다. 국물 떡볶이였다. 밀떡을 물에 담가놓은 다음 현우는 대파를 조금 썰고 어묵도 먹기 좋은 크기로 잘라 도마 한쪽으로 모아놓았다.

그리고 궁중 팬에 적당하게 물을 담고 렌지 위에 올려놓았다. 이제는 양념을 만들 차례였다. 마침 냉장고에 고춧가루가 있었다. 물 조금에다 고춧가루와 실탕을 적절하게 풀었다. 그리고 마지막으로 고추장과 간장 조금을 넣고 휘저었다.

물이 끓기 시작했다. 현우는 양념장부터 넣은 다음 밀떡과 어묵, 그리고 파를 차례로 넣었다.

떡볶이가 보글보글 끓기 시작했다.

"우와! 오빠 요리도 해요? 지유야, 저거 봐!"

"맛있겠다."

현우가 고개를 돌렸다. 똑같은 파자마를 입고서 송지유와 엘시가 떡볶이를 쳐다보고 있었다.

"언제 다 되는 거예요?"

"5분 정도?"

"……."

"……."

송지유와 엘시가 현우를 동시에 쳐다보았다.

"음, 3분? 3분이면 충분하지."

송지유와 엘시가 동시에 고개를 끄덕였다. 그리고 엘시가 와인 창고에서 와인 하나를 꺼내 들었다.

"그거 마시자고?"

"네, 오늘 밤새 달려요!"

"고고!"

송지유가 화룡점정을 찍었다.

계속되는 송지유의 애교에 현우는 그냥 웃고 말았다.

"으악!"

"꺄아악!"

현우와 송지유가 서로를 보며 있는 힘껏 비명을 질러댔다. 송지유의 눈동자가 사나워졌다. 그리고 침대 옆에 놓여 있던 인형을 집어 들었다.

퍽!

인형이 현우의 얼굴을 강타했다. 이윽고 베개가 날아들었다.

"변태! 이 변태!"

"지, 지유야! 왜 그러는데?"

"뭐?! 왜 그러는데? 왜 그러는데에에?!"

퍽퍽!

베개를 양손에 쥐고 송지유가 현우를 마구 때렸다. 거위 털로 된 베개라 아프지는 않았지만 현우는 황당하고 억울했다.

그때 방문이 열리고 엘시가 나타났다.

"둘이서 지금 뭐 해요? 설마 같이 잤어요?"

엘시가 눈을 가늘게 떴다.

"가, 가, 같이 뭐?"

"죽어! 죽어!"

송지유가 베개로 현우의 뒤통수를 마구 가격했다. 현우가 벙찐 얼굴을 했다. 얼른 송지유부터 살펴보았다. 어젯밤 입고 있던 분홍색 파자마가 멀쩡했다. 그리고 현우는 얼른 자신도 살펴보았다. 어제 입고 있던 슈트 차림 그대로였다. 다행히 둘 사이에는 아무 일도 없었다.

무엇보다 현우는 어제 이미 술이 다 깬 상태였다. 엘시와 송지유가 나란히 서로를 안고 잠드는 것까지 확인하고 이 방으로 들어왔다. 현우가 평정을 되찾았다.

"털끝 하나 손 안 댔으니까 걱정 마."

"……."

뒤늦게 사태를 파악한 송지유도 베개를 내려놓았다. 엘시가 묘한 미소를 머금었다.

"뭐예요? 말 그대로 같이 잠만 잔 건데? 지유야, 여기 어제 오빠 자라고 내가 내준 방이야. 너는 나랑 같이 자기로 했잖아."

"…아!"

송지유의 얼굴이 새빨개졌다. 갑자기 시워신 기억들이 떠올랐다. 물을 마시러 잠결에 주방에 나왔다가 그대로 이 방으로 들어왔다.

"너 팔베개하고 잘 자더라? 오빠도 자연스럽던데요? 보통 팔베개가 아니던데? 숙련된 장인의 그런 솜씨였어요."

엘시가 이 한마디를 남기고 방을 나갔다. 그리고 다시 베개가 날아들었다.

"야, 왜? 네가 잠결에 내 방에 들어온 거잖아!"

"팔베개는 언제 그렇게 많이 해봤어요?"

"아니, 그게 지금 뭐가 중요해?"

"몰라요!"

송지유도 쾅쾅거리며 방을 나가 버렸다. 황당함에 현우는 그냥 침대로 누웠다. 그런데 왠지 모르게 자꾸만 한쪽 팔이 허전했다.

『내 손끝의 탑스타』 10권에 계속…

초대형 24시 만화방

신간 100%, 샤워실, 흡연실, 수면실(침대석), 커플석, 세탁기 완비

▪ 광명 광명사거리역점 ▪

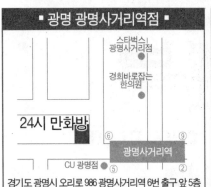

경기도 광명시 오리로 986 광명사거리역 6번 출구 앞 5층
02) 2625-9940 (솔목타워 5층)

▪ 강북 노원역점 ▪

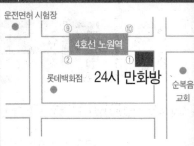

서울 노원구 상계동 340-6 노원역 1번 출구 앞 3층
02) 951-8324 (화용빌딩 3층)

▪ 일산 정발산역점 ▪

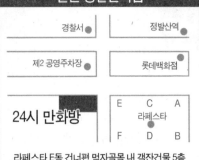

라페스타 E동 건너편 먹자골목 내 객잔건물 5층
031) 914-1957

▪ 일산 화정역점 ▪

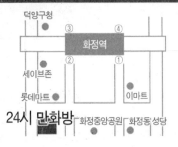

경기도 고양시 덕양구 화정동 984번지 서일빌딩 7층
031) 979-4874 (서일사우나 건물 7층)

▪ 부천 역곡역점 ▪

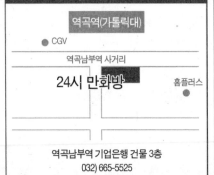

역곡남부역 기업은행 건물 3층
032) 665-5525

▪ 부평역점 ▪

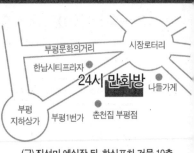

(구) 진선미 예식장 뒤 한신포차 건물 10층
032) 522-2871

FUSION FANTASTIC STORY

요람 장편소설

전장의 저격수

사회 부적응자이자 아웃사이더인 석영은
게임을 하다 지구의 종말을 맞이한다.

episode1:
잠에서 깬 용사의 시대를 시작하시겠습니까?
Y/N

하지만 깨어나 보니 세상은 멸망하지 않았다.
아니, 현실 같은 게임 속 세상이 펼쳐져 있었다!

현실보다 더 험난한 '리얼 라니아(real RAnia)'.
과연 석영은 살아남을 수 있을 것인가.

이제, 리얼 라니아의 전설이 시작된다!

Book Publishing CHUNGEORAM

유행이 아닌 자유추구 -
WWW.chungeoram.com